室井大和詩集

Muroi Yamato

JN132112

新・日本現代詩文庫

155

土曜美術社出版販売

新・日本現代詩文庫　155　室井大和詩集　目次

詩篇

詩集『迎え火』（二〇一三年）全篇

詩集『夜明け』（二〇一六年）全篇

未刊詩篇

評論

解説

詩篇

詩集『花筏』(二〇〇七年)全篇

Ⅰ　花筏

花筏

花びらが風の笛に吹かれて水面一ぱいに広がる
花びらが重なって花筏を作る
どこからか笙の音が流れて
コロボックルのような公達たちが遊んでいる
蹴鞠をしたり
胡旋舞をしたり
王朝時代の絵巻物だ
姫君たちも輪になって踊っている
琴の調べが風に流れて
花吹雪
睡蓮の長いまどろみから
抹茶色の水に沈んだ友の魂が
花筏に乗って
精霊流しとなる

いつだったか　小学四年生の頃
娘が絵をかいて来た
ひまわりのような花の上で
天使たちが遊んでいる
舞を舞ったり
笛を吹いたり

堀一面に花びらが広がって
花模様を作っている
私は束の間の浄土をみていた
花粉症であることも忘れて

螢川

こんな蒸し暑い夜には
きっと出ているだろう
孫の手を引いて畦道を行く
小川の音も聞こえ　蓬がそよぐ
屋敷杜のあたりまで行っても
まだいない
闇が深くなり
ペンライトが心細くなっての帰り道
明かりの点滅
螢だ
孫は無心にはしゃいでいる
数匹　いや十数匹
舞い上がるもの
落下するもの

オスがメスを誘う求愛のシグナルではなく
手前の草むらには正座している母螢
遠くへ消えていくのは父螢
目交《まなかい》を横切って
離れない一匹
妻螢
五十路の峠で病に倒れ
家族一人ひとりに別れの言葉を残した
小さな手帳
生きていた最後の証左《あかし》
梅雨明けの
七夕様前後に現れる
螢の交叉
闇の中にうっすらと
螢川

拉致

螢を数匹紙袋に放して
蓬を入れて空気孔を作る
これが螢の光だ

買物途中の娘を
麻袋に詰めて
未知の国に連れて行く
これが拉致だ

道の真ん中に
脱ぎ捨てられた裏返しの靴
薄墨の闇が
涯しなく続く道
山また山　暗い海の底

「日本は見すてない」
内閣官房拉致問題・特命チームのポスターだ

麻酔のハンカチーフ
かどわかし
家族を　愛を　自由を奪われた
幾星霜
彼の国の国家機密は袋綴じ
予告なしのテポドンの発射
核実験の脅威

めぐみちゃん
生きているならメールを一つ
横田のお母さんのムンクの叫び
横田のお父さんの憶の訴え

螢の光よ　窓の雪よ　何年経っても
彼の国は厚いヴェールに包まれたままだ

蟬

いつからか少女は
蟬になった
いや
母の背から離れない蟬だ

カナカナとも
ジージーとも
鳴かない

小さい時の
父の失踪

夜な夜な母は綿のような疲れ
家具はでこぼこ　兄の八つ当り

そして
少女は鳴かない
蟬になった

部屋はアニメのお城でそのヒロイン
イラストを描いたり
パソコンゲームをしたり
学校には行かない
施設にも行かない

部屋は夢の小宇宙
鳴いたり
飛んだりする
蟬だ

でも　不定期にひょっこりと
施設に来る
友達を選ぶ
気が向くと
放課後に先生に逢いに行く
これが登校へのシグナルなのだ
引きこもりの殻を
一つ一つ割っているのだ

虫の音楽

迷い込んだこおろぎが秋の夜長を鳴いている
少し遅れてもう一匹　競り合うように鳴いている
さらに遅れてキリギリス
　リーン　リーン　スイッチョン

　リーン　リーン　スイッチョン
金属音が夜のしじまを突き抜ける
息を殺してお猪口をなめると
切ない虫の音楽が私の中で共鳴する

この家には女手がないから
御馳走はないよ
明朝は玄関の戸を開けておくから
庭にお帰り
いや　隣の藪の中へ
それより遠い野の原へ
こんなに綺麗な音色だから
きっと相手がいるでしょう
鈴虫やカマキリは交尾の後に死んで行くというの
　は本当なのか
やがてメスも卵を残して死んで行くという
人間も親から子　子から孫へと遺伝子を伝える

時々　跡絶えたりするが
こんな湿度の多い夜は
耳の奥に切なく響く求愛の音色
あの虫達はどこに行ったか

規格外

いびつである
曲がっている
色がない
艶がない
大き過ぎる
小さ過ぎる
重過ぎる
軽過ぎる

傷物である
だから
外される

形がよい
真直ぐだ
色もある
艶もある
大きくてもいい
小さくてもいい
重くてもいい
軽くてもいい
欠点があっても
値段が安くても
味が良ければ
いい
人間ならば

アウトサイダーなのだ

学校は面白くない
先生はうるさい
親は信じられない
無口だっていいじゃないか
挨拶が出来なくたって
勉強が出来なくたって
いいじゃないか
規則や常識だけで
人間をみるな
深夜になれば
パソコンと格闘もするし
好きなことなら童話も書く
引きこもり
それは規格外

ものさし

血圧があがる
　　さがる
健康のバロメーター

成績があがる
　　さがる
の折線グラフは　お小遣いのメーター

月給があがる
　　さがる
家族の笑顔のメーター

直球の純愛
変化球の不倫

どちらもエネルギーが必要

血便があった
再検査だ
それだけで曇り

異常か
正常か
超音波で検査する脈拍のグラフ
〈ここのへこみがねぇ〉と医者は言う
これなんだ息切れの原因は

天気予報も
はれ　あめ　と断定すると
はずれる
はれたり　くもったり　ところによっては
あめ　とする巧みな気象予報官

ものさしも
測る人の裁量が
ほしい
駄目だではなく
大丈夫ですよと

雪崩

長い暗い駒止トンネルを抜けると
雪崩に遭遇した
いや　正確には
雪の小山に　車ごと突入したのだ
車の雪下ろし　雪掘り
ざらめ状のフロントガラス

かじかむ手・しばれる足
掘っても　氷を削っても
エンジンはかからない
おろおろと蹲る
半時余り

脳裏をかすめる
数時間前のこと
温かい会話のあった
東京芝浦の病院の廊下
「さよなら」の言葉もなくて
左手に点滴台を持って
右手は若布のようになっていた
妻に
「また　来るよ」と言って
別れて来た
平成六年節分の日

明日の仕事のために
諦めかけて峠の坂を降りようとすると
山男三人の助太刀で
エンジンがかかった
御礼の言葉も言わないうちに
風のように去った
ワゴン車の人達

急勾配の坂道
ハンドルにしがみついていく
南会津の山々は
墨絵のように暮れ泥《なず》んでいた
私のなかで何かが崩れていった
妻はあと何日生きられるだろうか

鳥

出張の朝
渋谷の駅前で
バスを待っていると
小鳥が死んでいる
同じ場所で
昨日は木肌をつついたり
残り実をついばんだりしていたのに
今は瞼を閉じ
産毛は露で濡れている

昨日までは公園や街路樹のわずかな緑を探し
古いアパートやビルの軒下の
人影のないところで
夜露を凌いでいたろうに

おまえの死など
ふりむきもしないで
人々は通り過ぎて行く
コンクリートの上は
冷たいだろうから
せめて土に帰してやろうと
近づいて紙袋の中に入れる

バスが来て
揺られていると
小さな鳥の影が
いくつも　いくつも
雑木林に吸い込まれていった

鈴虫

妻といさかいをした後で
庭先に出ると
鈴を振り鳴らし
呼ぶ声がする
置き忘れた虫籠

煮干し
雄が雌にくわれて
髭だけになり
やがて
雌も卵を産んで死ぬという

母は形のあるものを
父は無形のものを
残して
ふと
庭に
立っていたりすると
半月が吊り下がって
晩酌の苦味が棘となって刺さった

ラスト・メッセージ

外はみぞれ
内は笑顔
まだ進路先が決まっていない
娘よ。
「フレー　フレー　オネエ。」と言って
右手をあやつり人形の操者のように
細い腕を上下にぶらぶらさせている

お母さん。
左手に点滴台を持って
生きている
お母さん。

家族が揃った病院内の廊下は
笑顔があった
娘よ。
「あなたは、そそっかしいサザエさんだから、
　足元を見て、生きて行くんだよ。」
これが　お母さんのラスト・メッセージ。

一九九四年一月三日から書かれている
小さな手帳の折目の染みは
お母さんが流した涙の数
家族一人一人に宛てた手紙
一枚一枚丹念にたたんだ

祈りの象形文字
心残りは　お母さんと添寝をした最後の人
「お姉ちゃん。」
「あなたの花嫁姿を見たかった」と。

朝靄が煙る寒い春の朝
麻酔が切れた
お母さんは魔物になった
　どんなに痛かったのだろう
　どんなに苦しかったのだろう。

やがて
引き潮が曳くように
五十路の人生を閉じた
お母さん。

凜としてお茶を立てた

野の花を添えるのが好きだった
侘び寂びの境地を見付けたかった
お母さん。

「お姉ちゃん。」
「あなたは、そそっかしいサザエさんだから、
　足元を見て、生きて行くんだよ。」
これが　お母さんから　あなたへのラスト・メッ
　セージ

デスマスク

レントゲン写真で
自分の首から上の頭骨を見た
右側面からの一枚は
北京原人ではなく
縄文人の骨に似ていた

正面からのそれは
首の骨が二本陥没していた
我慢が出来ない痛みは
ここから来ている

左側面からのものは
霞んで見えるデスマスク
キャッチャーマスクの歪み
凹凸の能面でもある

事務的な医者の言葉
治療は痛み止めの薬と
首吊り器具でやるリハビリ

原因はわからない

わからない首をリハビリ器具で伸ばす
目の前が霞んできて
デスマスクが浮かんでくる
何と平静だったのだろう
妻は微笑さえ残していた

○・二センチのかなしみ

ここ二、三年のことだが
健康診断をすると
身長が○・二センチだけ小さくなっている
かなしみ

逆に
一キログラムだけ増えたり
減ったりする

かなしみと喜び
低音の響きが
耳の奥まで届かない
あわれさ
時には　耳鳴りと
電子音が走ったりする

真夏に買い物に行くと
何物かに足を掬われる
一瞬のことだが

そう言えば
小さな字が読めない
近眼　老眼　乱視
いずれでもない
心眼鏡を作らないと

もの忘れがひどくなる
特に人の名だが
「君の名は」の
一言が出ないもどかしさ
だから　相手も　挙動不審

〇・二センチのかなしみ
ちっぽけなかなしみ

遅れた春の

悲しみの数だけ花木を植えました

母の告別式の数日後
牡丹の苗木を買いました
茶の間から庭を見ていた母の目線上に
どんなに咲くでしょうか

妻は胡蝶蘭が好きでした
九回目の命日に母に手向けられた一房を
仏壇に飾り報告しました
あなたの遺言通りには　介護できなかったと

父は植木が好きでした
椿　百日紅　楓　山茶花
四季折々に紅の生命を添えてくれます
リラは枯れて　月桂樹は聳えています

喜びの数だけ写真を撮りました
埃を被っていたフィルムを現像すると
那須登山の家族です
思い出は鈍色《にびいろ》をしています

友が偉く見える日には花を植えました
勿忘草　桔梗　秋明菊　福寿草
庭に花の浄土を作りましょう

幾色かの花びらが波のように地表を這う時
どこかでもうひとつの生命が芽生えるでしょう

私にも遅れた春の………

Ⅱ　雪の精

雪の精

一

雪降り積もり、家が大きな蒲団を着込んでいる。雪囲いの隙間から漏れる光は動物の目だ。私にも積もる雪。南会津の夜は長い。家は冷えきった冷蔵庫のようだ。こんな夜は会話が欲しい。

レトルト食品を温め、残飯とおかずを電子レンジでチンする食卓。単身赴任の生活だ。テレビは見えない。アンテナが折れたらしい。雪の重みで家が軋む。天井裏の鼠も動かない。ラジオは自動車の中だ。明日は雪掘りをしなくちゃ。部屋が暖まって来ると不安がよぎる。家族はどうしているだろうか。

「そこの荷物どけてよ。私が帰るのだから。」と女は消えた。寝ぼけ眼を擦ってみても、誰もいない。畳の隅にトンボの亡骸があった。はてさて今のは、雪女、雪の精だったのか。

二

障子の隙間から冷気が忍び込んで、おどろおどろ出てみると、重い玄関の戸。雪の壁だ。泳ぐように雪を掻き分けて雪道をつくる。凍りついた朝だ。

雪に足をとられながら出勤する。川霧が流れている。体育館あたりの東の空を見上げると靄が凍っているようだ。空中で光っているダイヤモンドダスト現象。目を西に向け新雪を踏むと靴が鳴る。あたり一面が光の粒だ。白無垢姿の妻の幻影。光る雪の精。

海螢*

――テレビ画像を見て――

黄昏時の館山桟橋で海の底から蒼い光の輪が舞い上がる。夕凪の白波小波、風涼し。

よく見ると、一匹をめがけて数匹の光の輪が断続的に輝く時がある。海螢だ。餌を奪い争うような求愛のシグナル。種の保存の闘いだ。ユーラ、ユーラリ海螢。雌をめぐる雄の子孫を残す闘いが、螺旋旋回をしながらフーラ、フーラリ落ちて行く。

ミジンコみたいな海螢。どうせ長くは生きられないの。港近くの路地裏の小料理店の片隅で、水槽の中のペット暮し。小さないとしい恋人達。光る青白いランプの明滅よ。死んでたまるか。死んでたまるかと海綿状の発光体。己が生きている証をするための儀式なのだ。ユーラ、ユーラリ海蛍。生命を燃やして舞い沈む。終の住処は、深くて暗い水の底。

＊　海螢…うみほたる科の節足動物。体長約三ミリメートル。楕円形の殻を有し、灰白色。上唇の一部から分泌される発光物質は海水に触れて青色に発光。

紐

デパートの特売会場で母の匂いが消えてしまった。子供が母を探して人垣を掻き分けても押しても臀部のカウンターが返ってくる。無数の母の香り。見事な色彩の畑。けれど母の姿は見えない。足どりは重く彷徨する子羊だ。

母は、掘り出しものを狙っている。女豹のようだ。生地をもんだり、糸屑を採ったりして時間を忘れている。

先着百名様。

やっと見つけた子供の上着。財布をみると札がない。子供に持たせた袋の中だ。焦って羽を痛めた鳥のように走りだした。

子供はいない。

あひるの足どりになる頃、場内放送でおろおろと蹲る母。

次の日曜日にデパートに来ると、母は「電車ごっこだよ。」と紐で胴体を結びつけた。これが親子の絆だ。子供は無心にはしゃいでいる。

骨を拾う

二人組んで
竹箸で骨を拾う
頭骨　胸骨　腰骨……
骨は
火となった
炭となった
灰となった

「綺麗な仏さんだよ。」
「この黒い染みが病気。」と世話人は言う
せめて
おまえの好きだった翡翠色の壺に
骨のかけらを納めた

火葬場からの帰り
骨がかたことと鳴った
私は啼けない鳥のように
坂道を降りた

「んだない。」と「ダメダナイ。」
――追悼　星圭之助さん語録――

在りし日の「の」合評会で、

「詩とは、何だっぺない。」

「んだない。詩の字は、言の寺と書くし、古い言葉を葬る所だから、新鮮な野菜みたいなもんだない。あるいは清水。または風。さらに空気のようなもんだない。」

「言葉だけでも、イメージだけでも、ダメダナイ。まして淡い恋や甘い夢なんて感傷だけではない。対象物や現象をどう視るか。どう表現するか。自分の言葉でないとない。」

「すごいやつを作ろうとすると、固まっちゃう。上手に書こうとすると、書けなくなっちゃう。自然体でないとない。自分の言葉でないとない。」

「インテリの詩は、観念で書くから、ダメダナイ。頭デッカチだない。」

いつだったか。福島県芸術祭詩祭が、会津若松
市のお城の近くであった。朗読詩の中に、Mさん
の「スカートをはいた空」という作品が話題にな
った。その感想。
「エロッポイ詩だない。女の武器だない。
　男はダメダナイ。」

矢吹ヶ原からの開拓の「大地の歌」、
星屑たちへの祈り「夜想曲」。　そして夜に「喰
　われる男」。
心象風景に方言のダシを絡ませて、
母への挽歌「螢淵」。
未完成の「風鐸」が幽かに揺れて。

「どれもいいばい。連想ゲームだばい。」
「の」そのものの朴訥さ。直截の正直者。
凜としたところもあって、

ああ、人間　星圭之助。
「んだない。」と「ダメダナイ。」との
肯定と否定の言葉の間に、
「花泉」の酒のような円やかな味と
山椒の香気ある辛味がある。

（合掌）

あとがき

　花の散る午後に、花びらが折り重なって水面に花筏を作ります。風に吹かれて、漂い、流れ花紋を作ります。はかない生命ながら身を寄せあっている家族のように、生きている証左を残したいと思いました。

　この作品群は、ここ数年同人誌「の」に発表したものを中心（一部、「地球」）にまとめたものです。あとは新作です。

　詩集上梓に当たり、「の」への再入会を薦めてくれ、種々の批評をいただいた小川琢士様、また筆を断っていた時に、かのこ模様の便箋を贈っていただいた作家の関河惇様、そして高原さんをはじめ、「の」同人諸兄姉、また書肆青樹社の丸地守様には、本当にお世話になり、感謝で一杯です。これからも、そこはかとなく続けて参ります。

二〇〇六年十一月

室井大和

詩集『残照』（二〇一〇年）全篇

I

残照

学校の帰りに
衝撃が走った

駿馬のいななき
夕映えの中に
気の遠くなるような交尾
種馬のお湯は
大地に零れ
震えが少年を襲った

あの日からだ
少年に性の蛍がともったのは

背中に残照を浴びて
小さい影が
伸びたり　縮んだりするのを
胸の痣のように秘め隠して
家路へと急いだ

蜩

蜩はふるさとの
遠い残響
夕焼けを浴びた
山の音

夏の終りと
微かな秋の気配

秋刀魚を焼く匂い
恙なく　日暮しする
心の音

いつか　ある日の
母の
我を呼ぶ声
遠い山路をゆく汽車のエコー
途絶えた山の音

風鈴

夏の名残の
風鈴　りん　りん
蟬は鳴かなくなった
風は湿っている
台風は太平洋上に逸れた

咳き込むので
新型インフルエンザかと思ったが
タミフルは製造が間に合わないと言う
おちおち風邪にもかかれない

窓を開けると
風鈴　りん　風鈴りんりん
木の葉が天から螺旋状に落下する

どこまでも碧い空
渦巻状にへこむ耳の奥の
虫時雨

風花

一雨ごとに葉が散り
一霜ごとに裸木となる
木蓮の枝先の花芽が堅い
山茶花の花びらが
山路にこぼれ
風花がはらり
いつしか霙となる

秋から冬へのバトンタッチ
目に見えない
耳に聞こえない
冷たい魂のようなバトン

鳥が稚児のように鳴いている
餌が足りなくなったのだ
不吉の前兆でないことを
祈りながら
空を見上げる

花と食

ワイン注《さ》す
花を戯れに　噛んでみる
これが夕映え
ミラクルデザート

菜の花を食めば
畑一面
黄色の海が
芙蓉のようなハナオクラ
食めば　ぬめりの　罪の後先

萌え出づる石榴の花
ときめきの紅
震えるエロス

蜂や蝶を誘う花
やがて　欲を溶かしてしまう

花を喰う
抒情を喰らう

すると
夜な夜な
花神が現れて
喰われる

返し文

白い封筒の内側に
垣根越しの　行水の
絵葉書があった

とぎれ　とぎれに
胸に　さざ波が　押し寄せる

選び抜かれた言の葉の奥に
何が秘められているのだろう

日本の文化を
恥の文化と呼んだ学者がいたが
透かしても何もあらわれない
何も聞えない

行水を垣間見る
古への美徳
机の奥深くしまって
誰にも見せない

すると
外は　よもすがら
雨混じり　風騒ぎ
お寺の欅の枝が　大波のように
荒れ狂っている

朝台風が去った庭の隅に
折れ萎れた曼珠沙華
返し文する
指の爪が
割れている

言葉の海
――水の巻――

いつも欲の塊だから
澄んだ水が欲しいのだ
清という字は
水が青いと書いて　きよらかと読む
その心は青空だ
透けて見える水の色だ

澄という字は
水が蒸気となって立ち上ること
心が濾過されて洗われる

夏の川は汚れでいっぱい
生活の川だ
冬の谷川は人っ子ひとりいない
水鏡

情の字は
心の青と書く
なさけは　心の青空である
時代劇の娘を救う舞台である

涙の字は
水が戻ると書く
喜怒哀楽の
心の浄化作用である

波の字は
水の皮と書く
白いうねりが砕ける瞬間
スカートがめくれて
白い牙をむく
夜ごと轟く海鳴りだ

連鎖反応

蛇口からの滴りが
尿意を催す
体内の
ニコチンがニコチンを呼ぶように
アルコールがアルコールを

呼ぶ時がある

テレビの画面で
キスシーンを見ると
甘い抱擁を連想し
街でいい匂いを嗅ぐと
ついやきとりを買いたくなる
パブロフの実験台の犬のように
ながす唾液の
条件反射だ

（ああ
　俺もただの動物か）

せめて
ぱさぱさと乾いていく感性に
葡萄酒を
時には
血の滴るビーフステーキのような詩を
食卓に添えて
言葉の連鎖
核分裂を

電磁波の虫

締切り間際の原稿が出来ない
寝床に就いたが目が冴えるばかり

テレビの
スイッチ　オン
電磁波　ビュウ
光のシャワーが　目を直撃する
瞬きが

二度　三度　四度
スクランブルする

電磁波の虫が
睡眠時間を喰っているのだ

深い闇の底で
出口が見えない

真夜中にトイレに行くと
窓越しに
大きく欠けた月が出ていた

弔い

弔辞の途中で
絶句した人
友の口添えで事なく済んだ

「ジイ」の弔辞を用意して
泣きじゃくる孫
「ア　リ　ガ　ト　……　」の言葉が
吃っている
補足する女の澄んだ声
川原で遊んだ
ジイとの思い出だ

別れは
導師様だけ整然としていればいい
喪主の挨拶も
とぎれ　とぎれの
素朴な方がいい

悲しい時には
「ジイチャン」と
声に出して呼んでみよう

かっこをつけなくても
仏壇の爺《ジイ》は
すべて　お見通しさ
若づくりの写真が
微笑しているじゃないか

詩について

紙の重さではない
心の重さである

装丁の美しさではない
中身の問題である

量の多さではない
言葉の深さである

美辞麗句ではない
真実が込められているかどうかである

感性の奥座敷で
シグナルの点滅の謎を解いて
言葉に編めたか　どうかだ

新鮮な素材を
どう料理するか

風刺は効いているか
比喩はあるか

イメージは広がっているか

そして
選ばれた言葉や思想が
刃物の鋭さを
隠しているかどうかである

Ⅱ

影

行って来るとも言わずに
妻は小荷物をまとめて消えた
否
消えたのではない
去ったのだ

一体　どこに帰るのか
病院ではあるまい

いや　そこしかなかったのか
家はここにあるのに
家族はここにいるのに

帰れるあてのない旅でも
ひとり悄然として出かけた

手摺に摑まって
老婆のように
階段を上る
階段はいつか駅の

フォームの石段にかわる
一歩一歩
残りの生命を刻む
誰もいないプラットフォームには
虎落笛《もがりぶえ》のような風が吹いていた

いつの間にか
影は消えていた

にじり口

窓を叩くのは　だれ
戸締りは
ガス栓は　大丈夫
庭の水道栓は

窓を叩くのは　なに
光に目つぶしされた
宿なし鳥
即死だった

深夜
扉を叩くのは　だれ
あちらの世界が住みにくいなら
帰っておいで
茶室のにじり口の
鍵をはずしておくから

彼岸花

この花は女学校の校庭の片隅に咲いていた
野の花だ

朱色のかんざし
天のかんざし
またの名を曼珠沙華という

男女共学時の
校庭拡張の時に
ブルドーザーの下敷になった球根を
二、三株、お裾分けしていただき
庭の隅の犬小屋の前に植えた

単身赴任中に帰省してみると
鎖に繋がれた犬が騒いでいる
急いで鎖をはずすと
犬は庭中を駆け巡っている
そんな犬が老衰で死んだ時
バスタオルに包んで動物霊園に送った
すると

のみが数匹　ジャンプして
私めがけて追いかけてきた

毎年
秋の彼岸近くになると
紅色の曼珠沙華が咲く
朱のかんざし
天のかんざし
風車
まわれ　まわれ
天のかんざし

赤面冠者

場違いのところに
来たことはないか

例えばダンスに誘われて
ダンスホールに行ってはみたが
ステップも踏めず
会話もままならず
赤恥をかいて帰ったとか

人数合わせの
合コンに誘われたが
ダミーはうろうろするばかり
相槌を打っても上の空
とんだ義理だてだった

いつだったか
忘年会で
隣の宴席に迷い込み
行き場がなくなって

赤面冠者

三十歳までは失敗しても良いと
先輩は言った
だが
初老になっても
時々　冒険
時々　阿修羅の
赤面冠者

ままかり

光る銀鱗
瀬戸内海産の小魚

ままかり

飯《まま》狩り
母《まま》借り
ままかりの酢漬

これは　瀬戸内海からの土産
みちのくに嫁いで来た人からの
お裾分けだ

磯の香りがする
いぶし銀のままかり
光る海

一瞬
網にかかった魚のいのち

乏しい夕餉の食卓に
海からの贈り物

感謝を添えての
一品料理だ

小鯛

小鯛のささ漬け
ちょっぴり　酸っぱくて
香ばしい味
つまみにいいね

いつだったか御土産にいただいた
喉がうなる一品
妻が好きだった酢のもの

息子にインターネットで探してもらったら
あった　あった　うまいもん

日本海の潮の匂い
越前ガニよりも
めで鯛がいい

注文して
仏壇に報告すると
ガタガタと揺れがきて
妻の長い舌が伸びてくる

平成落書

この世で抵抗できないもの
床屋のカミソリ
医者のメス
人の噂　？

さらに恐いものは
地震・雷・火事は昔からで
親父の権威は微妙
今は
キレタ人間
オレオレ詐欺
どの方角から来るのかわからない

近ごろどこかが狂っている
給食費を払わない親
棄て稚児のポストがある病院

欲に絡むものは沢山ある
入札に絡む談合
出世に絡む賄賂
インサイダー取引
産地・食品偽装

粉飾決算
偽装結婚

ついに
生命さえ危ない
国民生活ままならず

いのち

戦後まもない頃の話だ

くずれかけた荒壁の
倉の陰で
鶏の首を絞めている
首をチョン切られ
宙吊りにされた裸の
鶏

餓鬼の頃
年に一、二度
弁慶*に串刺しされた川魚と
鶏料理が最高の御馳走だった

イスラム社会のある部族では
現場で羊を屠って御馳走するという
生きているから安全なのだ

夢の中で
鮮血が飛び散り
首をチョン切られた鶏が
突進して来る
金縛りにあって
荒壁に磔となっている時

胸倉を通り抜ける古い思い出

＊　燻製を作る道具。

ゼロの発見・余話

零はゼロなので無い筈なのに
0コースや0の背番号はある
ゼロはゼロでしかない
だが
水泳競技の0コースや
0の背番号の野球選手がいる
0は数字だが
0になって考えたり
行動することが大切
利益を求めない
ボランティア活動など

零の発見は　何と　古代インドの数学者
ヴァーナだったか

無から有
有から無の運動は
哲学だった

老子様に尋ねても
答えてはくれない
それは
心の眼で見るしかないのか

さあ
ゼロからの出発だ

夜の蟬

どこからくるの
あなたの
その奥ゆかしさ

秘め事が多いほど
知りたくなる

なにげない立居振舞い
挨拶一つにも気品がこもる

身だしなみや作法が板について
人となりがわかる

奥ゆかしさや涼やかな裏側の疎林で
すきま風のようなものが吹いている
蜩が鳴くという

一日の終りに
蛍光灯を消す
すると
私は疎林のように静まり
澄ました耳に
夜の蟬が鳴いている

あとがき

『花筏』（書肆青樹社）を出版して、はや三年がたちました。その間、「詩と創造」（書肆青樹社）の研究会欄に投稿を続けました。青雲の志を持って「地球」に投稿していた青春時代が懐しい。六十代後半の手習いです。活字になるとほっとし、また高評をいただいた時は嬉しくなりました。

Ⅰ部では、「詩と創造」や『福島県現代詩集』に発表した詩が中心です。季節の変り目の微妙な変化と人間の心情の移ろいをどう表現するかに時間をかけました。

また、Ⅱ部では、同人誌「の」に発表した作品と新作です。日常生活の中から何が見えて来るか。何が消えてしまうか。日常生活からの脱皮が出来たか。夜の蟬は、かなかなと鳴くか。生命を刻んで、今をどう生きるか。生きている証左。第二弾です。

この詩集を上梓するにあたり、懇切丁寧に助言をいただいた、前「の」の代表、小川琢士様（日本現代詩人会会員）や辛くて、味のある批評を寄せていただいた作家の関河惇様、前詩集につづき、細部にわたってご助言を賜りました書肆青樹社の丸地守様に厚く御礼を申し上げます。

二〇一〇年　弥生

室井大和

詩集『迎え火』（二〇一三年）全篇

Ⅰ

地震の町

町から子供がいなくなった
そして親もいなくなった
「ハーメルンの笛吹き男」のせいではない
放射能が恐いからだ
奴は見えないから
手に負えない

牛はどこへ行くのだろう
痩せて涙を流して
彷徨い歩く
浜辺や川原の雑草を求めて
飼い主は首を吊った

人っこ一人いない
ゴーストタウン
閉まったままのシャッター
ただ生暖《なまあたた》かい風が吹いていた
犬が野生化している
計画的避難区域
町の人のほとんどは避難している
でも
年寄りは動こうとしない
しっかり雨戸を閉めて
家に籠って
位牌を護っている
子や孫が帰って来るのを

一日千秋の思いで待っている

そんな中で
店を開いた夫婦がいる
米や味噌　肉や野菜　缶詰等の日用品だ
生きるための食料が足りない
戦後の日本人の生活と似ている
この瓦礫の中から
幸せを見付けるために
拳を天に突き上げて
希っている
町の再生を

彷徨える牛

あの日あの時[*1]から
ふくしまのほんとの空[*2]はなくなった

あの日から震えが止まらない
千年に一度あるかないかの
東日本大震災　マグニチュード9.0
人も家も車も船も呑み込んだ
三陸の　松島湾の　浜海道の港町を舐め尽した
大津波
海竜《ドラゴン》はあばれ　浅黒い帯の濁流となって
防波堤を越え　迫って来る　人や車を追いかける
まるで地獄絵だ
家も工場も船も壊れてしまった
死の町

人っこ一人いない　白い浜辺を
牛が四頭　彷徨っている
カメラに涙目をして
餌を探して　野牛となって
牛たちは何処へ行くのか
飼い主は見当らない
目に見えない　耳に聴こえない　臭いさえない
放射能
地震・津波は自然災害
でも原発事故は人災でしょう

計画的避難準備区域の人々は　七ヶ月後に
故郷に帰れることになった
しかし　家や庭や道路は除染できても
山や川や海の除染は無理でしょう
マスクをして生活する子供たちに
明るい未来はあるのか

ついに　あと何年かの寿命かわからないので
安全だと信じて
野菜を食う　魚を食う　肉を食う　風評を食う
それでも　子供たちには安全な食物を食べさせたい
今でも　白い砂浜と　涙目をしている
牛が見える

＊1　あの日あの時　２０１１年3月11日14時46分。
＊2　ほんとの空　高村光太郎『智恵子抄』より。

橋上の車

突然　北からの津波と南からの津波が衝突して
二十メートル以上の飛沫が上った　それが怒濤

となって押し寄せる
松川浦大橋を右方向（東南）に向った車が
しばらくして左方向（西南）に戻って来た
どうしたのだろう
やがて　あの車は消えてしまった
人ごとではない
あの車を運転していたのは　私だったかも知れな
　いのだ
一瞬の判断が
生か
死かを
決してしまう
一昨年の秋　泊った白い壁の民宿は　建物だけが
　残った
旅愁をかきたてた窓からの眺望
桟橋を照らす明かり

闇の中で働く人影が霞む
今は海苔の養殖筏は　見当らない
泊った二階の部屋は　ガランドウ
朝食をとった一階の大広間は水びたし
家具が散乱していた
屋上で助けを叫んでいた人は　救助隊に助けられ
　た
そして　白い建物だけが残った

多くのいのちを呑み込み
車や家を攫《さら》った海なのに
なんと長閑なのだろう　ぴかぴかと光っている
海で生きて来たから　海は憎めないと漁師は言う
津波は恐い
けれど　水には鎮魂の浄土作用がある
松川浦漁協の生《イキ》のいいおばさん
「一匹　四千円　いかが」と鮭をさばく

琥珀のいくら二パック　箱いっぱいの切身を買う
あのおばさんは生きているだろうか
橋上の車の人は
家族を迎えに行ったのか
避難の途中だったかは　不明だけれど
瞬間の判断が
あの世とこの世の境目
生か　死かの境界とは

迎え火

あの日から[*1]
叔父は帰って来ない
叔母も帰って来ない

三陸の海の海底が地鳴りを起こし
いくつものダイナマイトが爆発したように
海面が膨れ上がり　荒れ狂った
さらには
真っ黒い帯の怪物が怒濤となって押し寄せ
防波堤を遥かに越えて
家も　車も　人も　電柱さえをも呑み込んでしま
った
第二波はさらに大きく
防波堤の内側から救助を叫ぶ女の声　声
第三波になると　三階の建物までも飛沫が揚がり
津波は山の中腹の小学校の校庭まで迫って来た
引き潮になると
人も　家具も　漁具も　沖の方へ攫われて行った
あの時から[*2]　美しい港町の風景も
人々の生活も一変した

リアス式海岸の美しい海は　今は幻《まぼろし》

町の半分は大津波に呑み込まれた
陸前高田市
一ヶ月後　叔母は見つかった
体育館の遺体収容所で
だが　叔父は見つからない
だから　葬式を出していない
叔父は漁師だった
逞しい腕で網を巻きあげた

海に突き出た埠頭で
迎え火を焚く
叔父が迷わないように
藁を焚いて　ひたすら待ち続けている
やがて　蛾が数匹飛んで来た
火に映えて青白く見える
亡くなった多くの人の霊が
夏虫となって彷徨っているのであろう
銀色に燻る月に向って
蛾は　合掌する像をみせては
すぐに消えた

＊1　あの日　2011年3月11日。
＊2　あの時　2011年3月11日14時46分。

霧の村

一面の霧の海
村に放射能が降って
人々は村を追われた
あの日から一年三ヶ月が過ぎて
警戒準備区域を見舞った

人がいない
牛がいない
畑は一面の雑草
田圃は野っ原
所々《ところどころ》に黄色い斑点
たんぽぽの花群が眩しい

耕作が出来ない
牧畜が出来ない
農耕と牧畜と漁撈は人類の生活を支えたのに
人や家畜が棲めなくなった大地
農機具は錆びたまま
骨組みだけのビニールハウス
それでも
欅の枝には萌黄色の新芽
里山では　ワラビにゼンマイ　コゴミにタラノメ
など
籠一杯採れるのに
食べられない
タケノコやキノコも
食べられない
何処に行ったか
美しい村

遠くから蛙の声がした
田圃は地割れのまま
鳴き声のする方をふりかえると
雪解水が湿原を作っていた
地の底からの生命の息吹だ
ここにもセシウムが溜っているのだろう
蛙は力なく飛び跳ねた
除染が進まない村に
人々はいつ帰れるのか
牛舎に牛が戻り　原っぱでのんびり草を喰む日は

いつのことか
牛の涙は　避難民の涙
仮設住宅の冬は凍《しば》れる

霧はいつかは晴れるのに
までい*の村に
みんなの笑顔が戻るのは　いつの日か
五年先か　十年先か
それとも
わが心の霧は晴れない

＊　までい…左右に揃った手を意味する。「真手」の方言。「丁寧に」「大事に」という意味で、昔から飯舘村で使われていた。福島県飯舘村村長菅野典雄氏が復活させた言葉。思いやりを持って。

藍色の骨壺

あなたは　避難先のアパートで倒れた
真夜中に救急車でいわき市の共立病院に運ばれた
そして　十日間眠り続けた
意識は戻らなかった
やがて骨灰となった
四十九日を過ぎても　お骨を納められない
福島県浪江町は警戒区域だから
本箱の隅に置いて　息子は拝んでいる
孤独死ではない
いつも家族と一緒だった
一病をかかえる身では
シーベルトの値が上下する度に　血圧が上下した
それは弾丸となって　胸に刺さった

あの日から*　故郷を追われた避難民
浪江町からいわき市の息子のアパートまで
八時間かかったと言う　約三十キロメートルの距
　離なのに
浪江町から阿武隈高原を越えて中通りへ
そして四十九号線からいわき市へ移動した
あなたは　昨年十一月二十三日の深夜　トイレで
　倒れた
心筋梗塞であった
地震・津波・原発事故・風評被害の四重苦を背負
　っていた
それでも若い奥様の厚い介護があったから
年齢には不足はない　が　しかし…
あなたは　海が大好きだった
だから　骨壺は藍色にした
請戸海岸の岩壁から釣糸をたらして

青い地球を釣ってみたいと言っていた
大物狙いの後影が目に浮かぶ
あなたは指揮者　作曲家
ロマンチストの万年青年
昔は　肩を左右に揺らして　オルガンを弾く
指笛を吹きながら　野の道を散歩する
謎かけをしながら　学童を送ってくれる先生
川を遡る鮭のように
一日も早く　故郷の浪江の墓に
骨壺を納めたいと息子は言う
好きだった野菊の花を添えて
藍色の深い海
涯しない青い空
祈りを込めて

＊　あの日　２０１１年３月11日。

かなへび

夏になると
隣の垣根から顔を出す奴だ
時々玄関に遊びに来る
立ち止っては
素早く逃げる

隣家で火事があって一昔になる
老夫婦は息子のいる町に引越していった
屋敷跡は　芒の穂波
草叢には　背高泡立草《セイタカアワダチソウ》の黄色い穂波
木ささげは伸び放題
金木犀が香っていたのに
二〇一一年三月十一日の天地鳴動

土壁が崩れ
竹の囲みが露出した
トタン屋根は歪み
風が吹くと
バタバタと音をたてる

あの日から一年七ヶ月経って
地主は　更地にするという
ブルドーザーが動き出した
かなへびは
玄関前で息絶えていた
腹を晒して　干物になって
救いを求めてここまで来たのだろう
あんなにすばしっこい奴が
誰に殺《や》られたか
ブルドーザーではあるまい
奴は更地になって棲めなくなった

浅黒い雨が降って
人間も住めなくなるのか

警戒区域は闇の中

走る衝撃
黒い物体が体当り
飛び散るフロントガラス
車が横転する
牛が転がっている
闇の中　サーチライトを浴びて
目潰しをくらった逃げ場のない動物
道路に彷徨っている
光る猪の眼
人間が住めなくなった町に
青光りする

故郷を追われた避難民が
たまに帰る休日の闇だ

あの日から　二年過ぎても帰れない
無人の家を　強盗団が荒し回る
家財を奪い　金庫を壊し　家宝を盗む
十三人の盗賊団とニュースは伝えていた
大震災と原発の惨禍
人の不幸を食い物にする奴らは　許せない
悪の華がはびこるのは

背高泡立草がはびこる
放出され続ける放射能
進まない除染
議会から見放された町長
居直って　議会を解散
ついに辞職した　町政は混乱するばかり

復興を　焦るな
時間もかかるし　莫大な金もかかる
人が住める環境作りを
未来都市計画を
野口英世博士よ　朝河貫一博士よ
風評を吹き飛ばす知恵を
福島に与えよ
警戒区域に青光りする獣の眼を
避難民の心の闇を
決して忘れるな

フェルメール・ブルー*1

葉桜のころ
福島の空は晴れているのに
こころはくもっているから

ひたち海浜公園にドライブした
みはらしの丘
あたり一面の青い花　フェルメール・ブルー
その名をネモフィラ*2という
五弁の星屑
オオイヌノフグリや勿忘草よりも大きい花弁
四百五十万本の青の世界
太平洋が見える丘
花の青
海の藍《あお》
空の碧《あお》
花と海と空のフェルメール・ブルーのハーモニー
丘の上の愛の鐘を一つ鳴らして
北の海に消えた多くのいのちを祈った
鐘はチンコンチンコンと鳴っていた
確か　青い花は幸福の花であったか

幸福を追求する花であったか
ノヴァーリスの言葉であったか
そうだ　シュトルム・ウント・ドランク時代の疾
　風怒濤であった
ゲーテ、シラー、ノヴァーリス
わが青春の日々よ
太宰治の青白い闇よ

どこまでも藍い海
跳ねるトビウオ
碧い空よ
フェルメール・ブルーの空よ
青い花よ
放射能の降らない
本当の空を
福島に帰しておくれ

＊1　オランダの画家で、青の彩色が得意。
＊2　北米原産の五弁の青い花で星屑のように群生し初夏
　に咲く。

愛《あい》魚《な》女《め》

鮎に似て　愛しい魚
淡白で　美味しい白身魚
魚は温かい排水で良く育つ　だから
いろんな種類の魚が原発の湾内に集って来る
どこまでも青い海
釣り舟も釣り人も見えない

福島第一原発の港湾内の一匹から一キロ当り五十
　一万ベクレルの放射能セシウムが検出された
これまでの魚類の五千倍に相当するという
愛魚女は害魚となった
流出し続ける汚染水で　海水は薄茶色になる

東京電力では　魚の駆除や港湾内を閉鎖するという
港湾外に泳ぎ出た魚は沢山いるだろう
あの日から　福島県沖の太平洋近海の漁は限定されている
相馬漁協で十三種類（水だこ、貝など）今年から
　いかなご漁が復活

警戒区域では　原発事故後に
牛や豚や鶏が殺処分された
売りものにならない生きものや
人間に害毒となるものは処分される
害魚となった愛魚女も
ここの魚は食べられない　取れない
原発と漁業の不条理はいつまで続く
廃炉になっても　汚染土や汚染水は残るだろう
福島の漁業の復興は　まだまだ遠い

震災記　1
――福島県中通り南部に住んで――

２０１１年３月11日（金）午後２時46分。

三陸沖を震源とするマグニチュード９の地震発生。福島県で震度６強を観測した。関東大震災を上回り、観測以来最大となる。原子力緊急事態宣言。

（福島民報）

あの日から震えが止まらない。
買い物先から帰る。食品を冷蔵庫に入れていると、
突然の横揺れ、縦揺れ、天井の揺れ。
食卓の隅に両手をついて、
四肢を踏んでしがみついていた。
停電した。水道もガスも止まった。
居間では、テレビ台の手紙や書類が雪崩となり散

乱した。
蛍光灯は宙ぶらりん。
恵比須さま、大黒さま、神器も落下した。
幸せも、家内安全も逃げて行った。
書斎では、本箱から本が崩れ落ちた。
コードが切れたままのステレオ。
呆然となり、気力を失っていた。

石塀が倒れたと、隣のHさんが知らせてくれた。
寺の小径を塞いでしまったというのだ。
学校帰りの高校生二人とHさんと私で、大谷石を
　道路脇に積み上げた。
小半時かかった。
礼を言って部屋に戻った。

しばらくして、
電気も点《つ》き、ガスも回復した、が、
水道の水が出ない。
テレビのスイッチを入れると、津波が画面一ぱい
　迫って来る。
白い煙を揚げ、どす黒い壁が防波堤を越え、家を
押し潰し、人や車や船までも呑み込んで街を破
　壊する。
田や畑や松林を荒し回る。
巨大な怪物だ。しかも津波は第一波、次の第二波、
　第三波と巨大となる。
海竜《ドラゴン》がのたうち回って暴れている。
まるで苦楽浄土だ。
引き潮が去った後に、屋根に乗った船、潰された
　車、
農器具も消防車も泥の中。
塩田となった田圃の上を鷗が数羽飛んでいる。

震災記　２

（二日目）

東京電力福島第一原発、１号機で水素爆発。

放射能が福島の空に拡散。新地駅で列車転覆。

だが、警察官の誘導で乗客は全員無事。

（福島民報）


水素爆発。海から西南の風に乗って放射能は福島の空に拡散して行く。

奴は見えない。

明日からの生活のために、息子と買い物に行く。

コンビニの食品棚には、物品がない。

ミネラルウォーター、インスタント製品、缶詰、ティッシュ、トイレットペーパー、おにぎり等。

異常事態だ。買い占めだ。オイルショック時を思い出した。

パニックだ。

水道は止ったままだ。

生きるためには、まず水だ。水を探しに出かけると、
近くの酒屋さんが営業用の地下水を提供してくれた。ポリタンク二個、バケツ一個分、炊事用の水だ。井戸水は生命の水だ。

だが、今日も風呂に入れない。


（三日目）

東京電力第一原発３号機「炉心溶解」水素爆発の恐れ。死者不明者多数。米スリーマイル事故並みに格上げ、（のちチェルノブイリ原発事故と同等となる）。

（福島民報）


ガソリン不足深刻。ガソリンスタンドを二ヶ所、

三ヶ所と回ってもガソリンが買えない。
東北新幹線、東北本線もストップしたままだ。
ライフラインがストップ。行動範囲が狭くなる。
近くの酒屋さんで水の配給。ポリタンク二個、
これで明日も生きられるだろう。
恵みの水。天からの水。

震災記　3

（四日目）

原発3号機爆発。黒煙を上げている。2号機は空だき。メルトダウンの恐れ。東京電力計画停電へ。

（福島民報）


まずは食料。避難先では、おにぎり一個とみそ汁、
インスタントラーメン等で飢えをしのいでいる。

学校や体育館で毛布一枚で震えている。ダンボールの箱で仕切りを作り、着換えている。

まだコンビニの日用品は空っぽ。牛乳・ヨーグルト類、ティッシュ、トイレットペーパー等。野菜はあっても、放射能が恐い。だからつい産地を見てしまう。地産地消よりも生命の保障が大事。安全が一番だ。

福島産のほうれん草、みず菜類の出荷停止。さらに原乳も。震える農家。首吊る酪農家。


（五日目）

原発2号機損傷。4号機爆発。屋外退避30キロに拡大。対象者13万6千人。死者・不明者多数。

原子力発電「絶対安全」の神話崩れる。

（福島民報）


やっと水道が出る。五日振りだ。

水だ。水だ。生命の水だ。

風呂を沸かして垢を流す。生命の洗濯だ。

やっと人間らしい生活が出来る。

刺身が食べたい。新鮮なトロを。

願いがかなったのは、二週間後だ。

その魚が大変だ。獲ったこうなごが出荷出来ない。

舟も漁具も津波で流されてしまった。

出漁出来ない漁師達。仕事がなくなってしまった。

震災記　4

（六日目）

原発危機が続く。３号機は白煙を上げ、４号機は火災。危機管理は後手後手。（福島民報）

灯りが欲しい。闇を照らす希望の灯りがほしい。

懐中電灯が瓦礫の山を照らしている。

子を探す母、母を探す子、父の姿は見えない。

こんな時でも火は必要だ。幸い私の家では、一刻ほどで電気もガスも回復した。

被災地では、倒壊した家の木材を薪にして、お湯を沸かし、飯を炊く。家を燃やして暖をとっている。


（七日目）

空から自衛隊、陸上から警察が放水開始。３号機の使用済燃料冷却。効果は一時的。（福島民報）

着のみ着のままの緊急避難民。何も無いんです。

何日も洗濯をしていない。

だから救援物資は貴重だ。

人の心の温かさがジンジンと胸に迫る。

凍った心が一つずつ、融けて行く。

震災記　5

（八日目）

空と陸から放水は続く。東京電力福島第一発電所、戦後最大の惨禍。阪神神戸地震を越える。全国死者・不明者二万人を超す。　（福島民報）

最後は住む処だ。学校や体育館、公共施設はあくまでも仮の住居だ。仮設住宅建設が急務だ。プライバシーが護れないから。

原発周囲二十キロメートルエリアの人に避難命令が出た。さらに二十キロメートルから三十キロメートルエリアの人は、屋内避難だ。

いつになったら、家に帰れるのでしょうか。

石巻市では、十日間生き続けた人がいる。屋根に昇って救助を求めた少年とそのおばあちゃんだ。冷蔵庫にあった牛乳とヨーグルト、そして袋菓子で食い繋いだそうだ。やがて自衛隊員と警察官に助け出された。

鮭が遡上する請戸川の川辺は無残。飼い主が居なくなって牛が四頭、浜辺をさまよっている。涙目をして、狂暴になって。

家畜や動物も生きられない。

原発難民も避難している。身体も心も漂流している。

私も心の避難民。不安や脅えを隠して、空元気《から》で。あの牛の目が忘れられない。痩せ衰えて涙も渇いて。

ああ、また尻からドンと余震が来た。

今夜は眠れるのか。

私は福島原発から約八十キロメートル離れた中通り南部に住んでいる。わが町でも小峰城の石垣の崩落（戊辰戦争での白河口の戦いで有名）が

あった。葉ノ木平集落の土砂崩れで十三名死
亡。全壊・半壊の住宅多数。
浜通り相双地区からも沢山避難して来ている。
（東日本大震災八日間の記録）

II

風の街

那須おろしが吹いていた
ビニール袋が風船となって飛んでいった
夜八時の目抜き通り
人っこ一人いない
ゴーストタウン

張りつめた決闘前の西部劇のよう
老舗はシャッターを下ろしたまま
空店舗が目立つ
最近は郊外が明るい
田圃を造成した後に大型コンビニストアや
チェーン店が進出し　街は豹変した
白河モールやメガステージの巨大マーケット
歴史のある街は銀錆色をしている
風の音は夜鳴き蕎麦屋の喇叭のよう

やっと
歴史まちづくり計画が認定された
駅前整備と
空店舗にチャレンジショップを
蔵のある街で
ラーメンフェスティバル
崩れかけた石垣の修復

待ちに待った新図書館の開館
鶴と亀　竹と松と梅を図案化しただるま市*1は
白河地方に春を告げる
秋には提灯の灯りが夜空に揺れる
白河提灯まつり

さらに
関の森公園を白い花の花見山公園とする計画だ
風の街が
花のまほろばとなる日も近い
白河の関のかたくりの花
辛夷・ハナモクレン・ヤマボウシ
卯の花かざし*2
長い乙女の髪が乱れて

＊1　白河だるまは、松平定信公が谷文晁に命じて考案されたもので、だるまのまゆは鶴、ひげは亀、口の舌に竹、顔の両方に梅と松をデザイン化した。

＊2　卯の花かざしは、芭蕉の弟子曽良作の「卯の花をかざしに関の晴着かな」による。

川霧が晴れたら

ダイヤモンドダストかと思ったら
屋根の雪や氷の欠片《かけら》が
吹雪いて朝日に耀いている
雪焼けしたHさんの横顔が眩しい

奥会津南郷村の集落
海抜七百メートル
川霧が深い朝には
ブロッケン現象が起こる
人の影に後光が指す一時
おぼろげな聖観音が見える

一晩で胸の高さまで積った雪
雪掻きは辛い朝の仕事だ
眼鏡の下の汗が氷る
零下十三度
冷蔵庫の大根も人参もシャーベット状態
単身赴任三年目
卵・納豆・缶詰が三種の御《お》数
インスタント味噌汁が美味しい
霧が晴れるには
太陽と東風があれば好い
霧は山襞を這うように空に迫り上る

雪で　ほっかぶり*した郵便受けに
手紙があった
重かった
川霧が晴れたら
明日は　駒止峠・鳳坂峠の二つを越えて
白河の関を左手にして新幹線に乗り
東京港区にあるＪ病院に
給料袋を届ける飛脚となる
おまえの
笑顔《スマイル》がある内に

＊　ほおかぶりのことで福島の方言。

竜胆《りんどう》と鈴虫

旅は楽しいはずなのに
なぜか気の重い旅だ
叔父の訃報を受けて
新幹線に飛び乗った
（リンドウ　リンドウハ　イカガ）と

コールする竜胆娘
青紫色の花束とコーヒーを買う

乗り換えは上野駅
山手線から中央線へ
吉祥寺駅に着く頃は足が硬直していた
地図を頼りに坂道を歩く
四半刻余りで
武蔵野の木立が残る叔父の家に辿り着いた

仏壇に千駒（地酒）と玉屋の羊羹
深山竜胆を添えると
那須高原の香りが漂う
線香にむせっていると
（ペースメーカーヲ胸ニ埋メテ　十年カ
　豪放磊落ニ笑ッタ叔父ノ顔ガ浮ブ）

通夜の後で
庭に出てみると
鈴虫があちこちで鳴く
淋しさを極めた音色が
夜の静寂《しじま》を震わした
武蔵野の空に瞬く
星がひとつ消えた

夜汽車

出張先で
「チチ　キトク」の電話を受けて
汽車に飛び乗った
平発二十時三十分　小野新町行の列車は　黒煙を
　上げていた
小川郷駅を過ぎると　乗客はまばらだった

江田信号所あたりは一面の霧
霧の海を走る生き物
汽笛が叫び声となってエコーする
夏井川渓谷を縫うように走る
鉄橋を
いくつもいくつも越える
トンネルを
いくつもいくつも潜って
全力疾走
トンネルの中は　地底をどよもす響き
その通過は　勝ち誇った雄叫びのよう
銀河鉄道の旅ではない
悲しみを拾いに行く旅だ
阿武隈高原の小野新町駅は
生温い風が吹いていた

病院にたどり着き
タクシー代を支払う
父の病室は静かだった
間に合わなかった
（破れたアコーディオンのように
　ブカブカと息を出して破れてしまった肺）

父を見送る旅は
父を探す旅の始まりだった

野辺送り

野辺送りの黒い行列が
のろのろと畦道を進んでいった
小高い丘を目指すと　山の中腹に墓があった
村の長老がもごもごと読経をあげた
黒装束の縁者は　カレーの市民のように

うなだれて　土塊をかけていた
棺の主の友達は　棺に覆い被さって
烏の群のようだった
私も烏になって　言葉を失っていた

ハンドルを取られたバイクは谷川に落下
昇天した少年二人
同級会帰りの酒の勢いが　鉛色の悲しみとなって
　空に跳ねかえる
阿武隈高原の川内村
草野心平文庫があるところ
初夏には　山毛欅の木に吊り下がる泡の風船玉
モリアオガエルの孵化
晴れた日には太平洋が見えるところ
残された母と妹は噂に耐え切れず
関西方面に転居したという
死を急いだ若者
烏が勝ち誇ったように鳴いていた
阿武隈の空

グルジアのこと
――三谷晃一*さんのこと――

新聞人あがりの三谷さんは言った
「グルジアはどこにあるのか　わからない」と
私は地図を頼りに　知識だけで答えた
「黒海とカスピ海に囲まれた国ですよ」
「その国では　アブハズ人とオセット人の独立問
題と
バクーからトビリシ・黒海沿岸のパイプライン
の石油利権争いの問題があるんです」
知識だけでわかったつもりの私を　三谷さんは
「本当のことはわからない」と教えてくれた

グルジアに住んで
その国の言葉を話し
土地の料理を食べて
人々と仲良くなり
民族の歌を歌い
踊りを踊り
地酒を飲んで
はじめて何かがわかると言う

それからもうひとつと　彼は言った
「M君　髪は洗わないと禿になるよ」と
その時はわからなかった　四十路にさしかかって
も　物臭さだった私はまだ若いと思っていた
髪に白い斑が目立って来て始めて　彼の髪談義が
　わかった
禿にはならなかったが　「遺伝子も関係するな
父は斑だったな」と自省した
年ごとに髪が白秋になって来た
グルジアのことは　わからなかった

＊　福島県現代詩人会初代会長　詩集『会津の冬』、『さびしい繭』『河口まで』等十数冊あり。

鳥の影

1

小鳥の囀りで
目覚めた朝
庭の楓の枝がしなっている
昨日　剪定しようかどうか　迷った枝だ
何度も囀っているのは

今日の挨拶か　仲間を呼ぶシグナルか
ただ餌を探しているだけなのに
元気を与えてくれる

2

ガチャンと音がした
客人かと思ったが
姿がない
植木の茂みに消えたもの
鳥だった
硝子戸の乱反射で
目潰しに遭ったのだ
放射能で殺られたのかと思ったが
逃げ足は速い
鳥は影だけを残して

お寺の大欅の方へ飛んで行った
傷はなかったか
羽は無事だったか

3

めっきり鳥が少なくなった
窓を開けると
不意に空から落下する物体
鳥だった
獲物を鷲づかみにして飛び去る
鳥の影の向こうに
青い鳥を探しに行こう

お釣り

海辺の海産物店で
姉は　烏賊の塩辛と鯵の干物を買った
お釣りはチリ紙と一緒にビニール袋に入れた

話が弾んで　お釣りのことは忘れていた
「帰るよ」の声に急かされて
重い魚の袋だけを持って車に乗った

途中の道の駅で
お釣りを確かめたが
後の祭りだった
釣り落した魚は大きい
失くした五千円札が大きくなる

姉の家まで送迎した
小遣いを渡そうとしたが
かたくなに受け取らない
後悔しているのか
女の意地なのかは　わからない
お釣りだから　釣り落しもあるか
失われた時は　帰って来ない

ホワイトアウト*

荒野の吹雪は　一寸先が見えない
雛まつりの小熊のケーキを予約して
家路へと急ぐ親子に悲劇が起った
ホワイトアウト
視界を遮り　四囲《しい》は横なぐりの暴風雪
Oさんは車を捨てて道を探した

近くの家まで　あとわずか七十メートル
農家の倉庫の前で　彼は力尽きた
ジャンパーを脱いで娘を繭のように包み込み
抱きかかえて倒れていた
シャツ姿のわが体温で娘の命を守った

二〇一三年三月二日から三日にかけて
北の大地では暴風雪
視界を遮るホワイトアウト
春一番をもたらした低気圧　その上にオホーツク
　海と
アムール河付近から来たブリザードが重なって北
　海道を襲った

彼は　わが命を賭けて子を守った
三月二日午後四時半に親族に電話をしたのが
最後だった

助けが来る前に力が尽きた
「雪は天からの手紙」と　中谷宇吉郎博士は言っ
　たが
雪の冷たさと自然の猛威を忘れてはなるまい
吹雪を見ると
今でも家路へと急ぐ父と子の姿が浮かぶ
雛まつりのケーキを抱えて

＊　ホワイトアウトとは、暴風雪に見舞われると、視界が真っ白で、方向も天地もわからなくなる現象をいう。この暴風雪で北海道では九名が落命した。

あとがき

東日本大震災から、はや二年がたちました。

「ごめんなさい」「原発さえねげれば」と書き残して首を吊った酪農家Qさん。その妻Bさん（フィリピン出身）が涙ながら損害賠償の裁判を起こしています。

「お父さんは悪くないのに、
何でごめんなさいなの」

仕事も無くなってしまった。家族も離ればなれになってしまった。そしてフィリピンに避難した。今でも故郷から避難している民が、福島県民だけでも十五万人いるという。

本詩集Ⅰでは、陸前高田市、石巻市、松島湾、松川浦、飯舘村、浪江町、広野町、川内村、双葉町、ひたちなか市そして白河市の事を体験やエピソード、写真、映像をもとに制作しました。

Ⅱでは、日常に起きた事、夢に現れた人、印象に残ったニュースなどを生活者の眼で書いた作品群です。どこかにヒューマニズムの詩があってもいいのでは、と。

これらの作品は、同人誌「の」や「青い花」に発表したものと、「詩と創造」書肆青樹社と「詩と思想」土曜美術社出版販売等に発表の、新作も数篇あります。

本詩集の出版にあたり、「の」の同人諸兄姉や作家の関河惇氏。「青い花」、書肆青樹社の丸地守氏に編集をはじめ、装丁等大変お世話になりました。感謝です。

二〇一三年卯月

原発から約八十キロメートル離れた
白河市の自宅にて

室井大和

詩集『夜明け』（二〇一六年）全篇

I

桜のトンネル

花芽が少ない
花びらがない
鳥が摘んだのか
風が千切ったのか
夜《よ》ノ森《もり》の桜
あの日から二年が経った

この先
帰還困難区域につき
通行止め

二千五百本に及ぶ
桜のトンネル
幾つもの薄紅のリング
全町民が心弾む賑やかだった桜まつり

バッテンのバリケード
まだ半分以上は立入禁止
四・五シーベルト以上ある放射線量
膨らんだ蕾の下で作業する人
桜の根元の土を
シャベルで剝ぎ取り　青い袋に詰めている
高圧洗浄機で除染され
茶色になった黒い幹

今は
夜霧に浮かびあがる
幻の桜並木
花びらが
闇に消えた
バッテンの向こうは
森が
深くなるばかりだ

（最近、夜ノ森の、昔の桜まつりに合わせて、桜見物のバスツアーがある。故郷を追われた人々の心は、いかばかりか。）

涙

涙が出なくなった
涙が乾いて　雫がなくなった

東京電力福島第一原子力発電所が爆発して
人が住めなくなって四年
故郷を追われた人々
双葉町から福島市へ
そして二本松　郡山市へと
放浪の果て
やっと白河市にたどり着いた
友
放射能に追われた千夜一夜
南湖ニュータウンに土地を求めた
那須おろしが厳しい
故郷（双葉町）は帰還困難地域
週末に自宅に戻ってみる
迎えるのは　セイタカアワダチソウ
表札は傾いたまま

玄関から入ると
我楽多が散乱
冷蔵庫には震災前の食品　黴びたまま
どこから片付けるか
頭が真っ白になるという
人っこひとりいない町
猪豚親子が餌を漁っている
帰還まで　あと何年かかるか
生きているうちに　帰れるか

涙の字は　水を戻すと書く
丶《しずく》がないのを不思議に思った
戻りの字にも　丶《しずく》がない
涙が乾いてしまって　丶《しずく》がなくなった
もう　戻れない　からなのか
町のあちこちに黒い袋
放射能ゴミの山だ

中間貯蔵施設が出来るという
三十年後の　永久貯蔵施設は
民間施設で代用するという
未来のことはわからない
だから　涙は乾いてしまう

神割崎

エメラルドグリーンの海
神割崎
南三陸金華山国定公園
伝説によれば
砂浜に打ち上げられた鯨をめぐる争いに
神が怒って岩を割ったという
それが石巻と南三陸の境界となった
真二つに割れた岩の間を

洗う白緑色の波
傾斜状に切り立った石畳
岩を摑んだ松
三陸版の青の洞窟だ
青白く乱反射する光の拡散
あの日の津波は
私が立っている岩の目印まで迫って来た
海面から　二十数段はある
今は
白い砂浜は見えない

生命《いのち》の架橋

名勝日和山の麓の門脇小学校
太平洋から八百メートル
旧北上川から五百メートル

あの日は雪が降る寒い日
天地鳴動
大津波が南の太平洋と東の旧北上川の二方面から
　襲来した
学校は生徒を校庭に避難させた
大津波警報により
裏の日和山に二次避難させた
全員無事だった
迎えに来た保護者・住民も生徒に倣った
教壇を崖に掛けた
教壇は生命の架橋となった

大川小学校は新北上川の西南の河川敷にある
防波堤から約二百メートル　海より四キロメート
ル
校長不在　職務代理者は迷いに迷った
校庭に生徒を集めた

次に送迎の保護者に生徒を預けた
一人の教員が教室に残っていた生徒を連れて裏山
　に逃げ　助かった
遅れた指示
避難途中で大津波に呑まれた生徒七十四名、教職
　員十名の生命
悲劇が起った

待つのも　決断するのも　教育
目線は上からだけでなく　生徒の目線も大切
日頃からの危機管理が必要

門脇小学校の校舎は炎上したが
リーダーの決断と
三月十一日の講話
「桃花笑春風」（桃花春風に笑む）の精神は
生きている

大川小学校

北上川の河口
海から四キロメートル離れたところ
津波が新北上川橋を越え　堤防を抉って校舎を襲
　った
校長は不在　職務代理者の判断が遅れた
奪われた生命
生徒七十四名　教職員十名
全校生の七割だった
責める訳ではない
生死を分ける瞬間の判断
K小学校の校長は　即　全校生を校庭に集め
日和山に避難させ　全員無事だったという
彼女はチリ地震の教訓を父から受けていた
あの日から約千日経っても　校舎に入れない

割れたままのガラス窓
校庭は泥の水溜り
校庭脇の慰霊碑には　絶え間ない線香の煙
花束の山
刻まれた八十四の墓碑銘
「写真を撮るな」とは　子供を亡くした保護者の
　叫び
耳鳴りがして
子供の悲鳴がエコーする
立入禁止のロープ越しに
ただ合掌
ただ黙禱
ただ慟哭

防災対策庁舎

南三陸町の生命と安全を守るところ
あの日の天変地異は　三階建ての庁舎も襲う
「ハヤク　ニゲテクダサイ
　ツナミガキマス　ハヤク　ニゲテ……」
美しい娘の連呼　悲痛な叫び
津波は　鉄骨の支柱を折り曲げ
階段を押し潰し　庁舎を歪ませる
彼女は最後の一人となっても
二階の欄干で連呼していたという
関係者殉職　四十三名
単に殉職としてはなるまい
その大切な精神を忘れまい
町並が半分なくなった
あの日から千日近くたった

今　庁舎は赤錆びて骸骨のようだ
線香の煙　絶えない花束
小銭をチャリンと落とす
ただ黙禱　無声慟哭

この建物を　残すべきか　壊すべきか
賛否両論あり
娘の父親は　やむなく賛意を示し
「いらねえ　いらねえ　想い出すから
　いらねえ」とその母親
「それより娘を帰してくれ」という
腹を痛めた者の肉声だ

町の結論は残さないと一度は決めたが
二十年間　県が建物を管理するという
判断にはたっぷり時間をかける
津波の教訓を

絶対忘れてはなるまい

慶明丸

父と子の親子船　その名を慶明丸という
父はリアスの海の素潜り漁師
沢山採った雲丹　鮑　牡蠣
潜りすぎて　水圧が心臓を圧迫し　潜水病で身罷
　った
四十前後の若さだった
その子も南部のダイバーだった

あの日の地震と津波は　家も財産も慶明丸も
攫ってしまった
身を寄せ合い
寒月を見上げて震えていた仮設住宅

救世主は慶さんのブイ（浮き球）
約五千キロメートル離れたアラスカの無人島で見
　つかった
「今のニュースで映っていだの
　あんだんとこのブイじゃない」
潮風ガイドのメンバーからだった
奇跡だった
一年後　慶さんのブイが帰って来た
テレビ局とアラスカ人のお陰だった

南三陸の売りものは　新鮮な魚介類
奥さんは　つましく農漁家レストランを再開した
店の名を慶明丸と名づけた
海を恨んでも仕方ない
豊かな海の贈り物
雲丹　鮑　牡蠣に鮭　鮃

昆布に若布に新鮮野菜
ボランティアの人々から沢山支援を受けたから
恩返しをするという
宮城県南三陸町戸倉波伝谷《はでんや》地区　辺りに人家はな
　い
木彫りの鮭が目印
志津川湾から太平洋が見える所
平屋建て　スレート葺き　白壁が眩しい
完全予約制　注文は三十人迄可能という
奥さんは　いつもスマイル
仮設住宅の自治会長
潮風ガイドのカリスマリーダー
「ここの人達はすごい　自分達が大変なのに
　他人《ひと》の世話を　笑顔《スマイル》でする」

戸倉中学校

一望できる美しい志津川湾
高台に立つ校舎　海抜約二十メートル
山を削って自然堤防を作る
あの日の津波はここまでやって来た
水びたしになった教室
割れたままの硝子窓
幸い　裏山に逃げて　犠牲者は少なかった
黒板に
　三月十一日（金）　卒業式予行
　　　　　　　同窓会入会式
　三月十二日（土）　卒業式　と書いてある
あの日のままだ
今は　観光バスが巡回し
震災を伝える地元のガイド（ただ絶句）

卒業写真が見つかった
瓦礫の下から濡れたままで
バックは青い志津川湾
遠い空
二枚繋ぐと　百余の　笑顔の奇跡
黒板には
　また　みんなで笑い合えますか
　また　顔が見られますか
　この災害の爪跡は
　いつ消えますか　と書かれていた
高台から見る南三陸町
瓦礫は片づけられ
点々と残る集落の跡
街がなくなった
波静かな志津川湾
ペンペン草が生えていた

ふと　芒が揺れた

南三陸さんさん商店街

志津川湾の養殖施設も流された
デモ負ケナイ
Aさんは漁師
これが天職と
子どものため　家族のため　町のために
二年がかりで養殖施設を立て直した
回復はまだ四分の一
牡蠣に鯛　銀鮭の養殖
プレハブ造りの南三陸商店街に卸す
食堂では　雲丹といくらのキラキラ丼
床屋さんはボランティア
魚屋さんでは　いくら　鮭に蒲鉾

雲丹の瓶詰　鯵　鯖　鯛の干物を買った
写真屋さん　店も家もすべて流された
昔のアルバムを見て　泣いていた人
よれよれの写真を持って来た人
修復が彼の仕事になった
彼は「南三陸から」
　２０１１・３・11からの
　写真展を開催
写真はありのままを写す
嬉しいことも　辛いことも
喜びも　悲しみも
心を込めてシャッターを切る
その写真集も買った
帰りの切符は持っている
思わず財布をはたいてしまった

奇跡の一本松

グオーン　ザラザラザラ
グオーン　ザラザラ
山を切り崩し
国道四十五号バイパス沿いの架橋
巨大なベルトコンベア
クレーン車と大型ダンプの音だ
復興の槌音だ
海側に十三メートルの防波堤を
駅北側と川沿岸に嵩上げ盛土の高台を
東京ドーム九杯分積み上げる計画
陸前高田市
港町は約八割が流された
帰らない御霊千七百名（人口二万四千人）
駐車場隅に慰霊碑
絶えない花束
湿地帯を柵で仕切った通路を十分余歩くと
一本松があった
七万本の中の一本
生き残った
キセキノマツ
あの時の津波は　十数メートルの高潮
三階建てのユースホステルも呑まれた
ああ　一本松
天に聳える二十八メートル
腰囲りは一メートル弱とスリム
松は五ヶ月だけ生きていたが
塩害で枯死
今では鉄のモニュメント
一億五千万円かかったという
「奇跡の一本松保存プロジェクト」隊が中心
一本松は希い　望みであり

復興のシンボル
借り入れは復興資金　寄付金で返済する
陸中海岸国立公園
高田松原を取り戻す
広田湾岸沿いに
Aさんは松ぼっくりから新芽を育て
一年半で五十センチメートル
二年半で八十センチメートルになった苗木
さらに赤松に接ぎ木をして育てている仲間がいる
何年かかっても　子や孫の代になっても
取り戻したい
瞼に浮かぶ
青々とした七万本の松原
渚で遊んでいる子どもたち
白い砂浜
鳴き砂が恋しい

大自然を蘇生させる力
人間力を信じ
キセキヲマツ
一本松

（震災後五年で　ベルトコンベアは見えないが、代りに巨大な防波堤と盛土をしたピラミッド型の高台がいくつも造成されている。）

天心とタゴール

亜細亜は一つと言った岡倉天心
水平線を　かっと見詰める
世界に繋がっている海
太平洋からインド洋へと

あの日の七メートル以上の津波で
水底に藻屑と消えた六角堂
残された写真と図面で
茨城大学チームが復元させた
朱塗りとギヤマンと画集のある殿堂

天心とタゴールは友達
インドと日本は芸術文化の交流があった

茨城県五浦の海で　小舟を漕いで魚を釣った
『ギータンジャリ』で　亜細亜最初のノーベル賞
　をとった

葦笛を吹き　竪琴を弾く音楽家
インド独立の父でもあった

高校時代　彼の「占城《チャンパ》の華」で目覚めた
入日色の手刷りのプリントがノートにある

国語の先生は　インド哲学専攻の僧侶であった
玄侑宗久氏の父君である

天心邸には東京美術学校*があった
横山大観　下村観山らが学徒だった
絵を描き　彫刻を彫った
五浦　ここが近代日本画の発信地

我を揺さぶる潮騒
白波が騒ぐ
天心の魂よ
タゴールの哲学よ
我の澪標となれ
松脂の香りがする五浦の海よ
蒼天よ
琥珀色の太陽よ

＊　現東京芸術大学の前身である。

浄土ヶ浜

旅の終りは
陸中海岸
浄土ヶ浜
煌めく波飛沫
ここは
最後の楽園

砥石を張り合わせた岩屏風
今は二瘤駱駝の寝る姿に見える
東日本大震災時に
多くの生命を呑み込んだ
津波の

海の墓標

沈む琥珀の日輪
海の青　空の青が広がり
拡散する光の輪
白濁する波飛沫
掌を翳して　光のシャワーを浴びる
ただ無心に祈る
童の横顔

岩に神が宿る時
浄土ヶ浜の
黄昏

Ⅱ

夜明け

東雲《しののめ》の空
金色に輝くペガサスの鬣
那須野ヶ原から八溝山地は
一面の雲の海
那須山の中腹から見る
日本の夜明けだ
麓から霧が晴れて行く

南北に伸びる四つのライン
国道四号線
東北自動車道
東北本線
東北新幹線　が走る
東南に流れる那珂川
那珂湊港で大河となっている
北に流れる阿武隈川
宮城県岩沼で太平洋に注いでいる
北は東北　みちのおく
南は関東　関八州
北には白河　白坂　白石と白の地名が続き
南は黒磯　黒羽　黒田原と黒の地名が多い
黒は豊かな土地なのか
白は痩せた土地なのか
昔は「白河以北一山百文」と蔑視されたが
今は風評被害で苦しんでいる
廃炉まで四十年かかるという
みちのく　みちのおく
未知の国

みやこびとは歌枕の世界で詠んだ
憧憬の土地　夢幻《ゆめまぼろし》の国

東雲の空に
金色の鬣を靡かせてペガサスが嘶く
神《アポロン》の降誕する瞬間《とき》
北の海に呑まれた多くの御霊が
天に吸われて行く
悲しみの向こうの
夜明けだ

うらぼん

お墓で松明を焚く
いたずらする風
なかなか火が点かない

家紋入りの弓張提灯の
灯し火
門前で迎え火をする
盆どののお供は
胡瓜のお馬
茄子の牛の背に乗って
盆どのが帰って来た
じさまと　ばさま
仏壇が急に賑やかになった
莫蓙《ござ》に包まれた供物
　鬼灯と青林檎
　昆布と生菓子　おはぎも添えて
お盆の間　蠟燭の火は消すな　とは
ばさまの口癖だった

東日本大震災の時は
花瓶も彼岸花も倒れた

折れた絵蠟燭
崩れた大谷石の塀
だが
位牌は倒れなかった
家は大揺れ　軋んだが　大丈夫
一階と二階の継ぎ目の瓦が崩れた

盆どののお帰りだ
門前で送り火を焚く
――盆どの　盆どの
　秋の彼岸に　またござれ*――
じさまと　ばさまの霊が
煙に燻されて　消えかけたが
提灯の火を　颪から避けて
おどろおどろ墓に戻す
颪の盆

* 『さわやか詩集』第二一号、矢吹町図書館発行。当時、中畑小四年、柏村美帆さんの「盆どの　盆どの」の作品参照。

ブッポウソウが鳴く

あの日から二年四ヶ月経って
居住制限区域から
避難指示解除準備区域となった
日中は帰郷できる
庭は荒れ放題
雑草がはびこる
玄関から入ると
鼻をつく黴臭いにおい
天井は傾き　畳は腐食したまま
柱をかじる鼠
台所では梅酒がこぼれ

酔っぱらっている鼠たち
チュウチュウ天国
ネズミ算式に増殖する

人間が居なくなって
田畑や林では
猪豚が芋や野菜を掘り返す
時々　貂《てん》が顔を出し　野猿も現れる
野生動物の天国だ
目が赤いのは　梅酒のせいか　放射能のせいか
セシウムを浴びた野猿や猪豚が
闇の世界を支配する

人間が棲めなくなった
居住制限区域
帰還困難区域
目の赤い動物が
脅かす人間社会を
昼間からブッポウソウが鳴いている

かなちょろ

絡み合っている
紐屑かと思ったら
かなちょろが二匹卍巴になっている
よく観ると
一匹が噛みついて離れない
交尾している
春の昼下がり

大震災後　隣家は更地になった
ブルドーザーに追われ逃げて来た奴
玄関前で腹を晒し　干物になった

放射能で絶滅したのかと思った
あの日から
奴の眷族は　しぶとく生き残っていた
庭の築山辺りの灯籠の下か
隣家の草地に巣が在るのか
わからない
二年前から原発時の直接死より
関連死が多くなった
訃報も病気見舞も多くなった

かなちょろ
何んとすばしっこく愛嬌のある奴だ
殺生は止めた
近くの床屋も蕎麦屋も廃業するという
空き家が目だって来た
高齢化社会の現実がある
せめて　花畑を整備して
仏壇に花を飾ろう

コウホネ

河骨と書く
昨日は凜と咲いていた
ハート形の扇を広げ
直立に咲く黄色い水草
オゼ（ナス）コウホネ

十年前に
南湖の池干しをやった
池は消毒されたが
植物が枯れた
干潟となった池に
五十数羽の白鷺の群れ

どこからこんなに集ったのだろう
すごい連絡網《テレパシー》だ

今朝カメラを持って出かけると
根無し草だ
水面に十字架となって折り重なっている
鯉が掘り起こしたのか
雷魚が漁ったのか
水量《かさ》のせいか
水中花となった絶滅危惧種の
花のいのち

南湖は日本最古の公園と言われる
造ったのは殿様だけではない
泥を上げ　もっこを担ぎ　土を運ぶ
堤を造ったのは農民だ
ただ殿様が偉いのは　農民に仕事を与え
飢餓を救ったことだ
士民共楽の庭園をめざした
いつか　誰かがコウホネの苗を植えた
一輪の　ひと夏の　幸福の花
那須茶臼岳の煙は
今日もたなびいている

果樹園は今

たわわに実る枝
あやかの香り
シャリリと噛めば
口いっぱいに広がる甘い香り
ふじにつがるを接ぎ木した新種
再生の切り札

福島第一原発の爆発から五年
原子炉から約七十キロメートル離れた
小高い丘の畑
白河市東のS果樹園
セシウム検査は問題なし
今は風評で苦しんでいる
顧客が減った
震災前の半分も戻っていない
道の駅直売所と生協に出荷
ネット販売を勧めてみる
Gさんも　Kさんも廃業した
後継者もいない
伐採した桃の木　三列三十本
背中を冷汗が流れたという
Sさんも奥さんも　無口になった
以前は小麦色の肌をして
愛想良かったのに

今は色白になって　元気がない
——赤い林檎に唇よせて　黙って見ている
　青い空　……——
りんごの歌とフジヤマノトビウオは
希望と勇気と生きる力を与えた
敗戦後の日本人に

果樹園は嘆きのセレナーデ　と言う前に
蜜の詰まった林檎を噛みしめる
帰りに林檎を三キロ買った
たわわに実る林檎畑
つるべ落としと
あやかの香り

春の庭

花嵐が去った朝
蜘蛛の糸に花びらが吊り下って
花のリングを作る
蜘蛛の首飾り

ネモフィラを花壇に植えたら
翌日押し潰されていた
土を奇麗にすると
猫がトイレに来る
葉を食べるのか
花を食べるのか
花の座布団か
後ろ姿に
リボンがある

隣の猫だ
マリリンの腰のエロス
ぷりん　ぷりん

三年前に滝桜の孫苗を買って来た
一昨年は三輪
昨年は九輪　咲いた
今年は何輪咲くのだろうか
桜にあやかる長寿の夢
二度目の東京オリンピックまでは
と

塀の向こうは龍蔵寺
寺の小径は　思索の小径
枝垂れ桜に
童の弾む声
新学期の始まりだ

ひらり　ひとひら

ひらり　ひとひら
ひらひら　ひらり
花の下
散歩道に花形模様を作っている
詩がひとつ　雪のように
唄と口笛とピエロ
句がふたつ　みっつ

目蓋に花びらが積って
想い出す
西の京の花の寺
西行法師の
――願はくは花の下にて　春死なむ
　その如月の　望月のころ――
　　　　　　　　　　　　　の歌を胸に

間垣の潜戸を開けて訪うと
若僧が御堂に案内する
仏像の由来をとつとつと説いた
静寂《しじま》を破る鐘の音
大事にそそと秘仏を見せた
漆黒の弥勒仏
廃寺からの預り物
黒光りの　千年の　眩しい光
妻を亡くして三年
無量の慈愛
ふりむくと
返り花
西行桜の根元の小さき花々に
心を寄せた遠い日

不登校児とパークゴルフなどをして四年

花吹雪の午後
空を裂く
一筋の飛行機雲

飛蚊症

蜘蛛がぶらんぶらん
目玉を右に動かすと
右について来る
左に動かすと
左について来る
振子時計のぶらんぶらん
白内障か　緑内障か
それとも　網膜剝離か
私の廃棄物

左目が退化
忍び寄る老化
この原稿を清書したら
眼科に行こうと思う

何となく医者が苦手なので
延び延びにしていると
右目にも斑点がぶらんぶらん
顕微鏡を覗いた時の
蠢めく細胞に似ている
蜘蛛の糸に
ぶらさがっている私

診察室で待っていると
問診の声が漏れて来る
目の中で
（蛍が飛んでいるの）

（わたしのは　水母《くらげ》よ）
（いや　蚊が煩いの）
私のは蜘蛛がぶらんぶらん

この検査をすると
五時間は運転駄目ですよ
目薬をさして
光の放射
眼底検査は終った

治らないの
飛蚊症
会計を済ませた
目薬はなかった
岡崎純の「目薬」の詩を思い出す
（おふくろよ　目にごみが入りました）
（おふくろよ　目薬をさしてください）
（おふくろの　お乳を入れてください）
二刻ばかり靄がかかって
異空間の中に
漂っていた

流氷幻想
――今井珠泉*展を観て――

今年も網走沖に流氷が来る
接岸はまだしない
厚岸　知床にも来るだろう

凍れる空間
流れる流氷
冴える月
氷と氷の摩擦

割れる流氷
その隙間の
水面に写る月影

朧
雲母状の雪の妖精
ほろ酔いの
温もりが氷を溶かす
誘惑する魔法の
円やかな橙色
流氷に取り付かれた男
今井珠泉
慈愛の一筆一筆が
幻想を醸し出す

ここは真冬の北の港
人を寄せつけない海
吐息でくもる眼鏡

彼の魂が
犬鷲となって飛翔する
人肌が恋しい

＊　白河出身の日本画家。

悲しみの向こうの夜明け

野辺を歩いた
目に見えない放射能
風評の風が吹いている
深呼吸をした

山に祈った
しいたけや竹の子が採れますように
セシウムの雨が降りませんように

海辺を歩いた
ただ彷徨っていた
肌を削る風
痛いのは肉体だけではない
心が痛むのだ

花を摘んでは　君のため
石を積んでは　父のため
もひとつ積んでは　おふくろの
賽の河原の物語

東日本大震災・東京電力第一原発事故から五年
瞼に
流木にしがみつく人影
一本の藁にもすがりたい
あの姿は私だったかも知れない
あなただったのかも知れない
津波の記憶も
震災の記憶も
原発事故のことも
決して忘れまい

突き上げる生への願い
悲しみの向こう側には
きっと夜明けがある
明日がある

あとがき

　前詩集『迎え火』を出版してから、三年が経ちました。震災・原発事故からの爪跡は、心の底に残っています。除染したフレコンバックや汚染水処理問題、汚染された大地の復興、故郷を追われた人々の帰還が解決しないうちは、復興とは言えません。

　この詩集『夜明け』は、野辺や里山や海辺の町を歩いて感じたことを書きました。主に同人誌「の」や「青い花」「月刊自由人」などに発表した作品です。Ⅰ部は海辺の祈り、Ⅱ部は夜明けです。この詩集には多くの人たちの協力（校正に長久保宏人さん、谷口弘子さん、取材先の方々）がありました。また装画は明石英子さん（日本美術家連盟会員・モダンアート協会会員）にお願いしました。

　詩集出版に当たり、土曜美術社出版販売の社長高木祐子様、編集部の方々には大変お世話になりました。厚く御礼申し上げます。

二〇一六年春

室井大和

詩集『雪ほたる』（二〇一八年）全篇

I

おとめ桜

季節はずれの那須おろしが　虎落笛のように吹いていた
白河駅のプラットフォーム
春まだ浅い三月十一日
忘れはしない東日本大震災の記憶
小峰城の石垣の崩落　十箇所
復元は困難と思われた
東北本線のダイヤは乱れにみだれた

この城の石垣は何度も崩れた
自然災害と人間の知恵比べであった
むかし　むかし　殿様はお告げを信じた
人柱を立てると　石垣は崩れないと
家臣からは誰も申し出がなかった
家老は　仕方なく　我が娘を献上した
おとめは生け贄となった
供養のために三重櫓の脇に桜を植えた
おとめ桜という
毎年四月になると艶やかに咲く
一度は白河戊辰戦争で焼失した
新たに芽吹いた桜は二代目と言われている
この城は結城親朝が小峰ヶ岡に造った山城
江戸初期に丹羽長重が大改修した平山城で奥羽の押えとした

一度は戊辰戦争で焼失した
平成三年「白河城御櫓絵図」や発掘を礎として復
　元した
三重櫓には　稲荷山*の大杉を用材として用いた
柱や床板・腰板に鉄砲の鉛玉や弾傷が残る
白河戊辰戦争の痛みである
石垣の復元は国の災害復興事業
むかし通りの梯郭式造りで　はしご状に郭を設け
石を一つ一つ積み上げる汗と涙の歴史だ
まだ完全ではない　約八割の復興だ

那須おろしが、虎落笛のように吹いている
白河駅のプラットフォーム
四月になれば　小峰城の百八十本の桜と
おとめ桜は爛漫となるだろう

＊　白河口の戦いの最大の激戦地。

南湖

古地図を見ると
ここは大沼と呼ばれた湿地帯だった
池干しをすると
泥の湖
中心を蛇行し流れる泥の川
昔は葭や蒲の葦原だった

天明の飢饉で餓死者続出
間引も密かに行われた
時の城主松平定信侯は
貧しい武士たちや困窮者を救うため
灌漑事業を起こし
新田開発をすすめた
合わせて藩校立教館の資金を捻出した

葦草を刈り　泥を掬い　畚《もっこ》をかつぎ
杭を打ち　堤防を作った
松や桜や楓を植えた
士民共楽の公園を作った

南湖は　唐の詩人李白の詩句「南湖秋水夜無煙」
　による
水戸の偕楽園　金沢の兼六園　岡山の後楽園と並
　ぶ名園だ

南湖　南湖　日本最古の南湖公園
北に南湖神社と鏡の山
南に千代の堤と松林
中に御影島を浮かべ
西に桜木とメタセコイヤの林
借景に那須甲子連峰
東南に関山《せきさん》を置いた自然公園
春は湖南に花筏
夏は睡蓮　コウホネも咲く
舟を浮かべて蓴菜《じゅんさい》採りの風物詩
秋は鏡の山の紅葉の絨緞
冬の使者は白鳥の飛来
悠かに那須茶臼岳の白雪
落陽が紅をさす

雪ほたる　㈠

御影島にふる
鏡の山にふる
雪ほたる

髪に　頬に　掌に
はだれ雪

妻は病名を知っていたに違いない
鬘《かつら》をはずし　恥ずかしそうに笑った
下腹が膨み　むくんでいた
入退院を繰り返し
病院に帰る朝
仏壇に何を祈ったのだろう
新幹線の階段を　喘ぎながら昇った
プラットフォームには那須おろしが吹いていた
「またね」の言葉が最後の言葉になった
私は単身赴任で奥会津に向かうのだ

今
南湖の岸辺に佇むと
ぼたん雪が溶けてゆく
ああ　わが胸に
雪ほたる

雪ほたる　(二)

ぼろろ　ぼろろ
ぼろろん　ろん
南湖の水面に
御影島に
鏡の山に
雪ほたる

眼鏡に　髪に　掌に
はだれ雪

店はぽかぽか
窓の向こうの湖は
雪おぼろ

春は近い
私の岸辺に
雪ほたる

雪ほたる　(三)

雪　ぼろん
雪　ぼろろん
雪　ほたる

谷津田川《やんた》の岸辺に佇めば
むかし　むかしが蘇る
肺動脈が破裂して
ぱくぱくしていた父
「チチ　キトク……」の報を受けて
駆けつけた小野町立病院の病室は
この街にも
大震災の爪跡があった
あの日　山津波が葉ノ木平集落を襲った
立木が折り重なって人家を襲い　死者十三名
配達途中だったSさんの証言
バイクを棄てて　逃げて来た
お得意さんの顔が浮かぶ
「じゃ　またね」が最後の言葉となった
Sさんは約半年配達が出来なかったという
今では更地となり　震災公園となった
誰がたむけたか　菊一輪

靄が晴れた湖
白鳥一羽　餌を漁る
羽を痛めて北に帰れなかった奴だ
ぼろろ　ぼろろ
ぼろろん　ろん

静かだった
間に合わなかった
父は土に帰るのだ
その日から　父を探す旅が始まった

髪に　ひんやり
掌に　ひやり
雪ほたる
清き流れに溶けて行く
私の岸辺に
白き　小さきもの
雪　おぼろ
雪ほたる
（父は雪の精となっていた）

地の底からのエコー

六年前のあの日
白河市葉ノ木平地区
地鳴りのあと
山津波が襲来した
家も人も呑まれてしまった
Sさんの証言
　家があった場所は　土の塊で埋まっていた
　一夜明けて　スマホで母を呼んでみる
〈オカアサン　ドコニイルノ〉
地の底にエコーする
電話は繋がる　近くに母がいるに違いない
消防隊が来た　救助犬も来た
スマホをかけ続けた
四日経って　母は見つかった

救急車が来て　父も震えながら答えていた
それからだ、母の有難さを知ったのは
〈ウンデクレテ　アリガトネ〉
胸にあった言葉を吐き出した
お通夜の前に　そっと化粧をしてやった
六年の月日が流れた
鏡を見るSさんの中に
彼の母の面影があった

蠟燭岩

地図で探しても　見つからない
オベリスクのような岩があった
双葉郡富岡町の
太平洋沿岸の岩壁から
一つだけ離れていた蠟燭岩

海遊びができた小浜海岸
七年前の　あの日の津波は
黒い壁となって襲い
岩を攫っていった
燃え尽きた蠟燭の芯のような岩
夜ノ森公園の桜とともに
富岡町の誇りだった
今では近寄れない場所
富岡漁港から幽かに見える
船で行くか
空からでないと
地図から消えた岩
人を拒む岩
津波の爪痕
攫われた道標
富岡漁港の修復もまだだ
生活を一変させた

原発事故

せめて人災だけは……
蠟燭岩が消えても
心の灯は
消してはなるまい

花野華《はなやか》

光る小波
煌めく水面
跳ねる鱒
フライフィッシング
那須白河フォレスト＝スプリングス
光る風
爽やかな音楽

ビバルディの春だ
パンジーの花々がある
レストハウスの辺り一面に
水仙の花が咲く

十九年前の八月二十七日
那須白河の豪雨で濁流の藻屑となったこの家
回収不能となった魚群たちは太平洋に流された
茫然自失の林翁
県防災ヘリコプターで救出された
被害額はざっと四億円

六年前の原発事故では　福島の水産物はバッシン
グ
「福島ハ負ケナイ」と風評との闘い
本拠地は西郷村養鱒場　阿武隈源流の四池　フィ
ッシングパーク

遠くは渥美半島にサーモン工場　鳥取工場と多角
　経営だ
さらにいわき市に研究開発施設を建設する
各池の責任者に息子を配置し　万全だ

林翁の夢は　多くの魚と花の楽園
里山の雑木林を伐採し　一万本の花木を植えた
やがて　桜や花桃　ツツジ　連翹が咲くだろう
十年後　二十年後　百年後の百花繚乱の夢
花野華は未来への遺産
光る波
萌える葉緑
白い風
復興したレストハウスで飲む一杯のコーヒー
ビバルディの春だ

猿隊長

黒いフレコンバッグの山
山積みの廃棄物
その頂で作業をしている猿隊長
単なる猿ではない
黒ビカリのスフィンクス
一袋一袋点検し　補修している
朝礼では　約二千人の社員やボランティア達に
作業手順や注意点を説明している
中間貯蔵施設　核廃棄物処理場
福島県内から集荷した放射能のゴミの山
全て焼却できるのか
何年かかるのか
負の遺産をなくすために
除染第一線で働く猿隊長

目は遠く未来を見ている
西日本のN建設会社から派遣された男
月一回　除染の汚れを西郷村民プールや温泉で流す
妻が待っている名古屋へは　盆と正月だけだ
穏やかで優しい人柄の中に闘志を見た
その使命を感じた

白山荘のタオル

東日本大震災から七年
松川浦の養殖海苔が出荷される
復興の兆が見えて来た
県漁連の検査で合格した沿岸漁業の
ヒラメ　コウナゴ　ホッキ貝　アワビ
ヤナギムシカレイ　マナタナゴと
沖合漁業のカツオ
実験操業の魚貝類の種類も多くなった
七年目のNHK調査によれば　復興を感じている人は
岩手県人は53％　宮城県人は46％　福島県人は38％と低い
同じ被災地でも意識の差は大きい
福島県人のその低さは　なぜだろう
原発事故のせいだろうか

七年半前の初冬に松川浦に旅をした
波静か　充満する磯の匂い
海面に漂う養殖筏で働く人の影
宿は白山荘　一休みして風呂に入った
空はどんよりと重く　薄墨色であった
桟橋を照らす光が海面を銀色に染める
夕食は　鮪の刺身　ホッケの塩焼きは肉厚だ

ホタテの貝柱　サザエの壺焼き　ホッキ飯
アオサ海苔の味噌汁は海の香り
朝食は　鰺の干物　ヒジキと人参の和え物
メヒカリの唐揚げ　青海苔　アサリの吸い物
豊穣な海からの御馳走
潮風は海からの贈り物
白山荘の白い旗が揺れていた

あれから三ヶ月後に松川浦にも白山荘にも
津波襲来
家も車も人も船も濁流に呑み込まれ
川を遡り　田畑　街や電柱　家を破壊した
新地駅は　鉄路が歪み　列車が大破した
しかし　乗客乗員は全員無事だった
若い警察官の機敏な誘導が命を救った
白山荘の従業員も全員無事だったと言う
骸骨だらけの白い建物が残った

お土産の白山荘のタオル
相馬市松川浦の民宿のタオルを
もの干し竿に干す
まるで　自由の旗のように翻っている
プリントされた電話番号をかけてみる
ただピーピーと鳴るばかりであった

密漁

いわきの浜で鮭を買って来た
一匹五百円
スーパーでは千五百円の雄だ
雌は高い　七、八千円、いな
一、二万円はする
卵《イクラ》があるからだ

田舎のSさんは　元鉄道員
鉄路の保線もした
今は海釣りもする
夏井川河口や広野の磯で
朝霧の中を
小野町から広野海岸まで車をとばす
たまらない魚のヒキ
釣るか　釣られるか
今はライバルがいないから
良く釣れるという
福島県沿岸は禁漁海域
密漁だ
一年前に食べた鮭はこれだったのか
俺も共犯者だった
セシウムや見えない毒なんか
九十歳だから　もういいんだという

戦後は一冬を越すのに塩引き三匹
味噌も醤油も自家製だった

聞こえる復興の汽笛
鉄路が繫がる常磐線
いわき駅から仙台駅までの全線開通は
もう少し先だ

Ⅱ

おふくろ

ごっくごっくと
カップヨーグルトを飲む
赤児のように

スプーン無しで
母の胸にしがみつく稚児を
どら　どらと言って胸元をあける
おふくろの
神々しさ

こんな子育ては見られなくなった
おっぱい　いっぱい
おふくろの乳
すぐに弟が生まれて
ばっぱのしなびたそれを
しゃぶっていた俺の
おふくろへの
永遠の憧れ
いのちの
ごっく　ごっく

くすり

昨日仏前にあげた
お茶と水を取り換えた
もったいないので
鉦を鳴らし　合掌し　お茶を一口含んだ
冷たくて美味しかった
罰は当らなかった
むかし
魚の骨が喉にかかって　もがき
苦しんでいると
ふきばっぱが仏様のお茶をくれた
不思議に治った
魔法の薬だ
迷信だとわかったのは
ずっと後のことだった

仏様は無言だった

父の影

雑木林を抜けると
雪原があった
足跡を辿る
ズドン
鳥はもんどりうって落下した
辺り一面の硝煙
鮮血が飛び散った
鳥は足を引きずり藪に隠れ　息絶えた

その夜
父は帰らなかった
猟犬も帰らなかった

翌日朝　麻袋の中に犬が蹲っていた
前脚に血がにじんでいる
狐に嚙みつかれた跡だという
父と猟犬は
星の降る夜
雑木林の木小屋で空腹と寒さに震えながら
一夜を明かした

今　アルバムをめくり
父の面影を探す
小さくなった父
後ろ姿が消えて行く
雪原の向こうの
森の中に

天国からの贈り物

橙、肌色、紅、白、青の五層の彩り
「夏空の煌《きらめ》き」京羊羹
品のある甘さ京饅頭　「八重」
もちもちとした生地　控えめな甘味《かんみ》
天国から届いた贈り物
お中元

千年の古都の名菓
俵屋吉富の由来書き
京室町の「花の御所」の一角にあるという

病床から娘に託した髙島屋の包装紙
訃報の電話後に届いた京菓子
皇后陛下と同じ名前の
美智子おば
皇太后と瓜二つの面影
優しさが詰まっている
喜びも悲しみも
パンドラの箱にしまい
つつましく　他に迷惑をかけない
家族葬
息子と娘は
此岸から彼岸への橋渡しを
本当の家族愛で見送った

胎児の夢は五郎丸ポーズ

寒い夜には海老となって寝た
あるいは　胎児のように丸まって
母の羊水の海を泳いでいた

胎児は夢を見るのか
心地よい響きはわかるという
五体で感じる
耳で聞く
母の仕草で感じるのだろう

仮眠《うたたね》の夢に
むかし　むかし　女子高校の実験室で
ナフタリン漬けの胎児の標本を見た
教材不足を担当者が蒐集したに違いない
理由《わけ》ありの事件があったのか
秘密は帝王切開した医者と妊婦
あるいは産婆さんが密かに取り上げた胎児
真綿に包まれてギヤマンの瓶にあった
理科備品目録になかったので
学校訪問前に　当時の校長先生は県教育委員会に
　届けた

保健所とも相談してその標本を焼却した
同窓会長がお寺出身だったので　お経をあげて遺
　骨を丁寧に葬った

いつからか　夏休みになると
理科室の方から　胎児のキョンシー*が徘徊すると
　いう怪談が噂となった
昭和怪奇物語である
胎児は五郎丸ポーズで夢を見る
軽音楽がわかるという
それとも
育てられなかった
女の懺悔か　散華か

寒い　寒い夜は
膝小僧を抱いて　胎児のように
五郎丸ポーズで眠る

＊　亡霊のこと。

シンビジウム

シンビジウムを
暮に玄関から廊下に移した
正月に茎が伸びて花芽が出た
咲かない
水差しをし
時々アンプルを足すと
二月になって開花した
茎から液を出している
指で滴を掬って舐めてみると
甘い蜜
花持ちもいい

蘭の花は女の唇
胡蝶蘭が好きだった妻は
口唇の瘡を掻き毟る癖があった
蘭の花がお気に入りの茨木のり子さんは
切れのあるエスプリの利いた詩を書いた
甘い香りが漂う部屋
陽射しが目映い

花嵐が去った朝
蜘蛛の巣に花びらがかかって
花の首飾り
風に揺れてダンスしている
シンビジウムの一房を
仏壇に飾ると
微かに揺れた

月待ち滝

北茨城の大子町にある
ここらの人は
裏見の滝と言う
久慈川の流れは　清らかに濾過され
三条の飛沫
イエローグリーンの川床
瀑布は約五メートルと小さい
洞内から見ると
虹が架かる
中腰で佇むと
光の輪の中の如意輪観音

訳あり女の
産むか　産むまいかの思案橋
夜叉になるか　仏となるか
滝に打たれて正気に返る
情念が浄化されていく
瞼に
子を抱いた慈母観音
虹は光背のように光っていた
束の間のこと
飛沫は水煙飛天となり
漂っていた

原発さえねげれば

この手記は相馬市のある酪農家が牛舎のベニヤ板四枚に残した死者の書です。生命を賭けて書きました。多くの人に語りかける負の遺産です。太いマジックで書かれた遺書です。

原発さえねげれば　□□□□
残った酪農家は　頑張ってな
先立つ不幸を　□□□□□
仕事をする気力がねぐなった

Kさんには
言葉で言えねぐらい　世話になったない
ルナ　タロウ　サンペイ
ごめん　ごめん
なにもできねえ　親父だった

仏様　ご先祖様
申し訳ござらむ　ございませむ
姉様には　大変お世話になったない
私はだめだ　限界だ
大工さんには　保険で　支払って　全部……

と
書き残して
ぶら下がっていた

放射能を含んだ塵が降って
人間も牛も住めなくなった土地
牛はどこに行ったのだろう
家族はばらばらになってしまった

（フィリピンから嫁いで来たRUNAさんによる原発災害訴訟裁判は、示談になったそうです。人名は仮名としました。）

裸の少年

《あれは　兄ちゃんだ》と

妹は言った
姉も頷いた
血縁のテレパシーだ
戦後七十一年目の夏に
行方不明の兄の消息が判った
長崎原爆資料館が写真を公表
彷徨っていた兄の影
身につけていた半ズボンも
開襟シャツもない
爆風で吹っ飛んでしまったから
少年は齢をとらない
眠ったままだ

昭和二十年八月九日十一時三分
長崎に原爆投下
一瞬の　閃光
街は焼かれ

被爆者約七万四千人が殺された
廃墟となった街
《その三日前には広島にピカドンが》

あの日から　七十一年
街は復興したが
被爆者の苦しみは続いている
平和記念公園で
大浦天主堂で
祈りは絶えない
《イラナイ　イラナイ　戦争イラナイ
チンコン　鎮魂　チンコン》と
鐘は鳴り響く

六歳の時戦争は終った

敗戦の年（昭和二十年八月十五日）
私は防空壕の中で蒲団の下敷きになって震えてい
　た
ラジオがなかったから
天皇陛下の人間宣言もわからなかった
ジリジリと暑い夏だった
村に幼稚園はなかった
自分の影絵を踏んだり　石蹴り等して遊んでいた
土手や原っぱで　たんぽぽの綿毛を摘んだり
蟻の生態等を観察していた
自然が教材だった

昭和十四年八月六日は私の誕生日
戸籍では二週間後である
親は農事で忙しく　三男坊のせいもあって棄て置
　かれた
祖父は愛国者で　大和がいいとの一声で名づけら
　れた
戦艦大和に肖《あやか》ったという
西暦では一九三九年九月三日
ナチス＝ドイツのポーランド侵入
これが第二次世界大戦の始まりだ
その二年後　日本軍の真珠湾攻撃
太平洋戦争となる
三国同盟対連合国のバトル
持たざる国と持てる国の対立だ
世界中が戦争に巻き込まれる
民族対民族の憎しみ「目には目を」の復讐の暗黒
　時代
大量破壊兵器　原子爆弾が戦争で使用された
六年後の八月六日

広島に原爆投下　約十万人が骸となった
六歳の誕生日だったから
忘れはしない
被爆はしていない
阿武隈山脈の山の中の村に住んでいたから
昔の名は　長ク久シク保ツ大イニ和ヲ
争い事も戦争も嫌いだ
平和が好きだ
日本国憲法の三本の柱がいい
恒久平和主義は守らねばなるまい
その高邁な精神がいい
広島も　長崎も
決して忘れまい
平和憲法も

あとがき

一枚の写真「雪ほたる」（河合好子さん）からこの詩集は生まれた。大切な人との別れ、挽歌である。河合さんは、椎名亮介写真教室の生徒さんで、アマチュア写真家である。「雪ほたる」等の連作を、同人誌「青い花」や「の」等に発表した。郷土にあった悲劇を抒情と叙事を組み合わせて現代の抒情詩とした。哀歌《エレジー》である。表紙写真は白河市南湖の三月頃の風景である。

Ⅰ部では、詩集『迎え火』『夜明け』からの連作である。『雪ほたる』を加えて三部作と言ってもいい。東日本大地震から七年の福島からの発信である。七年経っても、廃炉作業はなかなか進まない。心の震災復興はまだまだ先である。

Ⅱ部では、身近かな人や事柄や旅からの回想や感動である。甘い思い出に浸るだけでなく、真実の言葉を探して歩き、見聞している。

本書を上梓するに当たり、表紙の写真を河合好子さん（白河市）に、校正の労を、長久保宏人さん（福島市）、谷口弘子さん（白河市）にお願いした。また土曜美術社出版販売の社長、高木祐子氏や「詩と思想」編集委員会の方々にお世話になりました。ありがとうございました。

二〇一八年四月　花の散る午後に

室井大和

水琴窟（一）

喘ぎながら坂道を一歩一歩歩いて行くと
左手にむせ返る馬酔木の垣根
白い吊り鐘状の小花が咲いていた
右手に阿武隈民芸館
受付係のおばさんに天山文庫を尋ねると
案内してくれると言う
さらに登ると
酒樽文庫が二つ
その先に茅葺き屋根
天山文庫だ
前庭は十三夜の池
心平さんと村人たちが造ったと言う

遣水が引かれ
コロロン　コロロン　コロン
水琴窟になっている
メトロノームのように規則正しい音色だ
池の辺りに　萩、ヤマホトトギス、ショウジョウ
　バカマ
黒々と泳ぐ鯉
モリアオガエルはいない
トノサマガエルが鎮座する
鳴けば　ゲ　ゲ　ゲと不気味な音だ
池に投影する灯り
昼でも幻想的だ
コロロン　コロロン　コロン
魂を鎮める音
極楽浄土への鈴の音か
昔　この池には
白い帯のようなものが浮いていた

白蛇だ
あるいは　しま蛇だったかも知れない
神の使いが
藪に消えた

水琴窟（二）

杉並木を吹き抜ける爽やかな風
シャガの花が一面に咲いている
喘ぎながら石段を登る
仁王の石佛に迎えられ山門をくぐる
左に石佛十六羅漢の安らぎの丘
境内に入ると
茅葺き屋根の大伽藍
室町時代名残りの大雄寺《だいおう》
六百年の歴史の禅の寺

総門を入って左手に水琴窟がある
竹筒に耳を傾け
遣水の音を聴く
絶え絶えかかる池水の響き
ただの一滴　命の雫
廻廊を一廻りして若い僧の説法を聴いた
帰りに　もう一度耳を傾けた
耳から少し離し
糸が繋がるように水が注ぎこむと
胸の動悸が治まった
谷のせせらぎ　小鳥の声とも聞こえ
山寺の静けさがあった
黒羽山の西方の丘にある
黒羽藩累代の墓所
大関氏十九代から三十三代の墓碑・石灯籠
一万八千石の中世以来の名族
那須氏から独立し　約五百年この地を治めた

三度　水琴窟に立ち寄った
絶え絶えかかる命の雫
身に染み透る
さやかさ

水琴窟（三）

鶯張りの廊下を渡って奥庭に出た
大きな手水鉢があった
築山からの苔むした樋から
正方形の大きな口に注ぐ水
口を組み合わせて漢字となる
吾
唯
足
知

この境地に達するには何年かかるのだろう
鉢から溢れる水は地中の甕へ誘われ
ギャラン　ギャラン　コボコボ　コロン
水琴窟になっているのだ
耳を傾けると
琴の音、
雨水の雫、
蛙の鳴き声とも聞こえる
あるいは
小鳥の囀り、
風の音とも聞こえる時がある
微妙で奥深い音だ
心に安らぎと癒しを与える
美しい揺らぎの音
コボコボ　コロン　ギャラン　ギャラン
身体もすっきり爽快となる
ここで　僧が佇むと

瞑想状態から
無我の境地になるという
邪念があっては聞こえない
生命の水の音

霧幻峡（一）

あなたに見せたかった
水面に立ち込める
川霧の海
浮かぶアーチ型の鉄橋
軽快な列車の響き

あなたはここに来られなかった
脚半や草履を身にまとい
薄化粧をして　花いっぱいに包まれて
柩の舟に乗って
霧の中に消えたのは何年前だろう

でも　こんな現実もあるよ
八年前の新潟・福島の豪雨で流出した三つの橋
JR只見線は一部不通
会津川口駅から只見駅まで
地域住民の足が奪われた
今は代替バスだ
ここには発電所も水郷もある
山も水も青く緑の自然がある
錦秋の山々　雪景色の只見川
イヴェントも　特産物もある
（あいづに　こなんしょ）
地酒に地鶏にソースカツ丼
山都の蕎麦は絶品、喜多方ラーメンは定番
柳津の裸まいりと斎藤清の版画の世界

只見の雪まつりとブナ原生林の散策
やっとまとまった只見川復興計画
県（国）は三分の一、残りは七市町の負担で大変
だ
乗り気でなかったＪＲは鉄路と駅の整備
一体　何兆円かかるのだろうか
三年後には全線開通すると言う

ほら　瞳を閉じて　耳を澄まして　ごらん
いつか　ある日
壊れた第五、第六、第七只見川鉄橋が出来る
鉄路が繋がる
川霧の向こうに浮かぶ
列車の軽快な響きが聞こえるでしょう
ダムの水面から山峡に谺する復興の汽笛
トンネルをいくつもいくつもくぐり
六十里越を通って　小出駅に辿り着き
西脇順三郎が住んだ小千谷市へ繋がる
霧幻峡への旅だ

霧幻峡（二）

いっぱい
いっぱいの
霧

どこまでも
どこまでも
霧の海

ここは只見川流域第一鉄橋辺りの霧幻峡
只見川　滔々と流れ

靄の中を走る列車

夏は山も川も緑がいっぱい
秋は色とりどりの紅葉
冬は雪に閉ざされる世界
この霧が身不知柿《みしらずがき》と会津米を美味しくさせる
ここらの人は　桐の木を育て娘が嫁ぐ時　桐箪笥
　を持たせたという

K・Hさんは写真家　金山町民
時には手こぎ舟の船頭さん
写真仲間や川霧愛好者を案内するという
「霧幻峡の渡し」を復活させた一人
写真集「四季彩々」を出版した
洪水で流されたふるさとを取り戻す活動をしてい
　る人だ

二〇一一年七月の福島・新潟の水害で
上流の三つの橋が流された
只見線復旧工事は遅れてはいるが
二〇二二年には全線開通の予定だ
南会津の人々の切なる願いだ

霧はいつかは晴れる
列車は進んで来る
その後を霧が追う
秘境への旅だ

ふれあい

フロントガラス越しの
ふれあい
孫の小さい左掌

私のごつごつした右掌
コロナウイルスに感染しないように
バリアを張った愛
お正月から　何日も　何ヶ月も会っていない
隣県なのに　車で約四十分なのに

感染症対策は外出もままならない
生きるためのショッピング
ソーシャルディスタンシング
マスクをつけ　約二メートルの距離を保つ
新しい生活様式は息が詰まり　閉塞感が漂う
アビガン　レムデシビル　デキサメタゾンな
どの新薬の発明やらファイザー社のワクチン
新薬の本当の効能はわからない
不安が増大する
いつになったら
コロナウイルスが収束されるか

それとも
奴は見えないから
バリアを張るしかないのか

本当のふれあいは
フロントガラス越しの
愛ではあるまい
ハグすること
無償の愛であろう

霧の町

喘ぎながら八幡坂を登った
石畳の道　脹ら脛にきく　足の爪が痛い
孫は息づかいも軽く先を行く
右手に旧イギリス領事館

だらだら坂を登り下りのチャチャ登り
左手には　シャルトル修道院、カトリック元町教
　会、
函館ハリストス正教会と教会が多い
異国を思わせる街並
（埠頭には　新島襄の胸像があったな）
（彼はここから渡米したと言う）
目的は函館山からの夜景
ロープウェイ入口で係員が言う
山は一面のガスだと告げる
ロープウェイに乗る
中腹までは大樹や洋館、教会の屋根が見える
その先は五里霧中
視界を遮るガスの幕
夜景は見えない
展望台の土産店前には　ニィハオの団体さん
迫りくる闇

晴れならば　右は津軽海峡、湯の川温泉、函館空
　港の灯
左は函館港、摩周丸（青函船連絡記念館）がある
　筈だ
広がる漆黒の海
不安が過る　下山だ
ロープウェイが下降するごとに
霧が晴れて行く
心の幕が　一幕ずつ上って行く
くびれたワイングラス曲線の入江
点々とX線上に灯る夜景
どこからか口笛が聞こえそうな
霧の町

立待岬にて
――啄木を思う――

立待岬に立つと
渦潮に立ち暗み　群青の海に吸い込まれる
悲しみが海に積って　波が凍るようだ
海猫《ゴメ》が彼を代弁している
下北半島を眺望する
大間崎は見える
霊魂が集ると言う恐山は見えない
まして、その先の渋民村は遠い
石を持て追われた故郷
遠くなればなるほど恋しくなる
大森浜の砂に腹ばい、海の声を聞いた日々
も蟹や貝と戯れたことも
一夜の大火で、函館の街の三分の二が焼失
小学校も新聞社も燃えてしまった
職探しに明後日は札幌に立つ
青年の肩に一家五人の生活がかかる
北の大地へ流浪の旅だ

札幌農学校

明治九年
北の大地に学問の灯を点した
札幌農学校
広大な敷地百七十七万平方メートル
ボーイズ　ビー　アンビシャス
開拓者精神だ
札幌駅前から少し歩くと北大構内に入る
オリンピックのマラソンコースになると言う
ハルニレ、ポプラ、白樺、エルムの梢

自然がいっぱい
自転車で通学する学生　荷物を積んだ車
孫娘が説明会に参加している間
ちび（孫）と学生食堂で過ごす
アイスクリームは溶けてしまった
理学部前庭の池の辺りで　睡蓮を見ていた
校名入りのクッキーも食べてしまった
ちびはアキアカネを追っている
終了時間なので　北の農場へ迎えに行った
道路を横切り、信号を渡ると
古い牧舎があった　第二農場の入口だ
やっと孫娘に会った
帰り道　白樺の木陰に学生の露店があった
クラーク博士の胸像前で記念の一枚
アンビシャス　アンビシャスと孫娘たち
足腰は棒になっている
限りなく青い空
夜には星の雫が降るような
札幌農学校

大志の誓い

クラーク博士に会いたくて
羊ヶ丘牧場に行った
札幌市より南へ　バスで約二十分
時計台　大通り公園のマラソンコースを後にして
　展望台に着く
クラーク博士の立像だ
少年よ　大志を抱け
（少女よ　大志を抱け　でも可だろう）
単にお金や名誉を得るためではなく
「大志の誓い」を赤ポストに投函する
ちび（孫）は何を書いたのだろう

孫娘はどんな夢を持ったのか
まして　その母は
博士に倣って右手を七十五度に掲げる
ちび（孫）はパネルを持って
孫娘は羊のぬいぐるみを抱いて
詩魂よ　めざせ　北極星
クラーク博士の銅像脇に
「恋の町札幌」の歌碑と浜口庫之助（曲）と石原
　裕次郎（唄）の胸像もある
黙々と草を食む羊の群れ
飼い葉桶で水を飲む
オーストラリア館で休憩
牛乳もチーズもアイスクリームも美味しい
馬鈴薯にバターの香り
乳満つる国　北海道
詩神よ
ここに　ごわしたか

青の峠

右前方は真野湾　鉄紺の海
左遠方は両津港　灰青磁色の海　時々光る
後方の山影には尖閣湾　藍色の海
青の峠
佐渡ヶ島の中腹　海抜五百メートル
時折り雲の切れ目から光のカーテン
小波の白
冬の日には珍しい
頬を刺す北北西の風
　餌付けをしていた
朱鷺が死んでしまった
亡びゆく美しい島
K爺さんの腕の中で
大陸への出征の朝に

彼は朱鷺の墓を作った
満州の野戦で負傷した時も
隊列から離散した時も
鳥の習性に倣ったから　生きて帰れた
恩返しに
山奥で森を育てた　棚田を耕した
沼地を残し　雑草を取った
小魚を放ち　水中花を育てた
今では二代目のKさんが棚田で米を作り
朱鷺の保護者となった
野生の朱鷺は捕獲されて
トキの森公園で保護された
Kさんは飼育員となった
ケージの中で羽撃く
朱鷺色に染まる亡びゆく鳥
いつか　解き放されて
青の峠を　自由に旋回する日は来ないか

真野湾の彼方に沈む朱鷺色の夕映え
大海原の向こうの弥彦の杜まで飛んで
神の使いとなり
風切羽の紅淡色の扇が舞う
朱鷺の夢を見た

雪の桜花《はな》・千本桜

千本の雪化粧。雪の華。
野も山も田も銀世界。
蛇行し、流るる夏井川。
青い山は日影山、手前が東堂山。
山脈は青白く、雪を飛ばす空っ風。
赤い梯子段のように樋橋、町屋橋、原橋と
繋いで左右に桜花を見る。
右が磐越東線夏井駅は無人駅。

左が磐越道。
小野新町からのあぶくま道は福島空港へ続く。
風雪に耐えた千本桜。
雪の華だ。

さくら。さくら。千本の桜。
咲けよ。咲けよ。咲き誇れ。
阿武隈高原の小野の里。山桜が咲く頃の、
夏井の千本桜。
洪水に耐え、空っ風にも耐えて数十年。
昭和から平成へ、そして令和の時代へと。
何億の花房。何兆の金釦。
そぞろ歩きの桜並木。
花に酔い、水辺の音楽を聞く時、心は青空。
これが夏井川。
大滝根山麓の、入水鍾乳洞の清水が源流。
小野新町、夏井、川前、いわき市へと流れる。

好間川との分岐点で荒れ狂った昨秋の氾濫。
いわき市の仮設住宅暮しにコアジサシが飛ぶ。
昔もあった洪水。河川を改修し、堤防を築く。
川の両側に桜の苗木を植えた。
昭和五十年に完成。
村人の寄付。村民や青年団の労働、婦人会の
炊き出し。兄や義兄たちも汗を流した。
桜守りは「花咲く水辺の会」。
橋の袂の小学生たちもボランティア。
今日も天に響く、子どもの喚声。

氷《し》花《が》

昨日は無かった
今朝は有るだろうか
久慈川の岸辺

葦を掻き分け　霜柱を踏んで
川面を眺める
凍れる頬　かじかむ手
氷るる　氷が流るる
ピカピカ光る氷の欠片
氷花だ
矢祭町から袋田の滝辺りまでの
約十五キロメートル
厳冬期にしか見られない薄氷現象
氷華ともいう

この川にも洪水があった
忘れもしない台風十九号
二〇一九年十一月十九日
高地原橋が流された　孤立した集落
十一世帯　三十人の交通・物流がストップ
再建までに約一年

天災は忘れた頃にやって来る
この地の英才も逝った
まもなく一年忌となる
子どもが好き　教えることが好き　人望厚し
退職後も町の子どもを集め寺子屋教育をした
Mさん
持病のことは露知らず泉下の人となる
年下の人に先立たれた私は
オールド・ブラック・ジョーの心境だ

真冬の久慈川の岸辺
きらきらと氷花
流るる　流るる
袋田の滝までも

みやまりんどう

幸福の青い花はどこにあるの
山野にひっそりと咲く青紫の花
みやまりんどう
定職を辞めた夏　田代山に登った
田代山と帝釈山が尾瀬日光国立公園に加わった年
（平成十九年六月）から遅れて約一月後　梅雨
　晴れの日
会津舘岩村の登山口から登る
Ｋさんは野鳥や花の写真家
Ｍさんは元山岳部顧問
雑木林を抜け　谷川を渡り　岩場を攀じ登る
二人は軽快　私は牛歩の歩み
しばらく行くと湿原
木道脇に小菊や綿すげ

水溜りに映る影
まだ蕾のないみやまりんどう　咲けば清楚な山の
　花
つつじや石楠花の藪を抜けて頂上へ
枝が横に伸びている松の低木
風のせいだ　雪の重みだ
風雪に耐えた姿だ
千百二十六メートル　初めての体験
自然の力に驚嘆する
北に会津駒ヶ岳　西に帝釈山　燧ヶ岳と
二千メートル級の青い山脈
沼山峠の向こうの原生林を抜ければ
悠かな尾瀬
どこまでも
青い空

詩を感じる時

小鳥のさえずりで目を覚ました
ウメモドキの実をついばみに来たらしい
私はしばし蒲団の中にいた
夢のつづきを見たかった

メタセコイヤの林を散策すると
木漏れ陽のシャワーを浴びた
森林浴を感じた瞬間《とき》
森の人となっていた

谷津田川の岸辺を逍遥する
水面をチョンチョンと叩く鶺鴒《せきれい》
常宣寺の楓の緑　白藤の花
市役所裏の川床はミニ奥入瀬
のんびり泳ぐ錦鯉　哲学の道だ

詩が生まれる時
読書する少女に
陽が射している午後の図書館
声かけをためらって
フェルメールの画集を閉じた

汽車通の帰りに
車窓から見える山並
谷間に沈むサンセット
友はワンダフル・ショウタイムと言った
放射状に伸びた彩雲に恍惚になったむかし

夜空の星屑に語りかけると
カントの言葉を思い出した
「自然法則は夜空に煌めく星とわが内なる道徳律

である」と
西空に消えた流れ星
幼なじみがまたひとり逝った
明日はどんな日になるのだろう

糸瓜顔が瓜実顔になる時
――自画像――

糸瓜の中に顔がある
海色の秋刀魚の目玉があった
硝子越しに映る飢えた物欲しそうな顔
アフリカの水ぶくれの子供の貌《かたち》を思い出した
軒下の
ぶらん　ぶらん
糸瓜顔があった

ここは国立種畜牧場跡
鶏舎や牧舎が沢山あった
忙しく鶏が鳴き
羊が長閑に草を食んでいた
やがて民間に払い下げられた

春には一面の菜の花畑
黄色の海だ
秋には
白と緑が揺れる
蕎麦の花畑
カウンターでトラ一門のラーメンを啜る
鶏がら出汁のちぢれ麺
甘辛の醤油味
蕎麦も逸品
硝子越しの
瓜実顔を

すりすりする

池干し

南湖に汚染が進んで
対策がとられた
湖水をきれいにするために
炭素による浄化
水草の繁茂を押さえ、水の循環を促す
水上車の運転
切り札は
池干し
干潟ができる
群がる鴨
白鷺
五十羽　六十羽はいるだろう

どこからきたのだろう
棲息するための
テレパシーがあるのだろうか
あるいは連絡網が
鳥の世界も生存競争だ
餌づけをしなくなって
白鳥は来なくなった
じゅん菜も採れなくなったが
太陽の殺菌力に期待する
池干しは
南湖公園を護るためだ
まもなく
那須おろしが吹いて来る

失踪

夕暮れ時になると
甘い水が欲しくなるのだ
螢のように
軽トラックを棄てて消えた人がいる
他人にはわからない
この世の棄て方である

傘寿を過ぎて
何不自由ない暮しでも
不意に起こる世捨て病
震災のせいでも　台風のせいでもない
狐つきになったのだ

小野町消防団と警察が三日三晩探したが見つから
ない
いわき市の上三坂地区の
車を棄てた辺りの山狩り
一日置いて
沢登りをして尾根をめざしたが
阿武隈の山は甘くはない
雑木林の藪が深くなるばかりだ
人ごとではない徘徊するのは私の影だ
言葉の海に溺れたり彷徨したり

彼は人様の世話にはならないで　逝きたいと
いつか仲間に言っていたと言う
(三日も四日も人探しでは困ったものだ)
先が見えない
これからの暮し
通帳の残金を確かめる
彼の妻

喝采

宙に舞う
スーツ姿の女先生
拍手喝采の体育館
弥生　三月
離任式
三月一日の卒業式では
女子校時代からの校歌を歌い
「蛍の光」の歌に包まれて
「仰げば尊し」を歌い　涙　うるるん
「分袖」の曲を胸に秘めて　うるるん
巣立っていった輩たちが集った
三年Q組の男女共学一期生
先生との別れの
感謝の胴上げ

勝利監督のように二度、三度宙に舞う先生の
満面の笑み
生徒と先生の日の本一の師弟愛

三年《みとせ》の日々を思い出してごらん
こつこつと　豆々しく　伸びやかに　びっしり
と
連絡メモを側面の黒板に
後ろには　宿題の解答が綿々と
赤ペンで埋められた　H・R日誌
添削は両隣の生徒にもお裾分け
一人ひとりを伸ばす教育をなされた
女先生
別れの挨拶が終ると
壇上にかけ上がる男女十数人の生徒が先生を
胴上げ
感謝の爆発

アリガトウの言葉と
在校生、教職員の拍手喝采に送られて
蝶となり　華となった女先生の後ろ姿に
かがよふ春の光

遺言

外は雪
大学受験に旅立つ
息子よ。
「フレーフレー　オサム」と言って
ちぎれかかったゼンマイの
振り子時計のように
細い腕をブラブラさせている
お母さん。

左手に点滴台を持って
それだけで生きている
お母さん。
家族がそろった病院内の廊下は
一時《いっとき》話の花が咲いていた。
息子よ。
あの言葉がお母さんの遺言だったのだよ。

この手帳のしみは
お母さんが流した涙の数
生きられる生命を指折りかぞえていた
切れかかった象形文字
息子よ。
「サクラサク」の合格電報が
お母さんの希いだったのだよ。

ある寒い春の朝

引き潮がひくように
五十路の人生を閉じた
お母さん。
だが
息子よ。
小波のような微笑
真綿のようなぬくもり
お母さんの
残した言葉
「フレーフレー　オサム」は
宝石のような遺言だったのだよ。

評論

詩に魅せられて
——長田弘ノート——

『アウシュヴィッツへの旅』長田弘エッセイ集を一九七三年に読んだ。衝撃を受けたことを覚えている。私は教員となって、二校目の花の女子高校勤務であった。卒業生を送ってほっとし、二まわり目の一年生担任の頃である。略歴を見ると、福島県出身の方で、福島高校卒、早稲田大学文学部独文科卒である。既に一九六五年『われら新鮮な旅人』を思潮社から出版している。ポーランドのアウシュヴィッツ収容所の旅のリポートである。ナチス＝ドイツがユダヤ人狩りをして、捕虜を虐待した。その最も極端な例は、ユダヤ人捕虜を（風呂《シャワー室》）に入れるからと言って、ガス室に送り、人間の脂で石鹸を作ったという虐殺物語である。正に狂気である。極端な民族蔑視政策が、弱小民族を逃亡へと追い込んだ。歴史上あってはならないことであった。だから、第二次世界大戦後、人類の反省と進歩のために、世界人権宣言が発布されることになる。

　さて、詩の話をしよう。

『われら新鮮な旅人』の中の「多島海」という詩は、「匂うような空の青さが／季節のすべての記憶から／日の色を奪ってゆくように／ぼくらは恋人／いつも新鮮な恋人」で始まる。

　詩の中で、言葉の新鮮さ、青春まっ只中で青嵐を感じさせる作品である。青春と青の時代、青色が鮮やかである。言葉が生きている。生きているから、人の心に残っているのだ。青はまだまだ伸びる要素があり、黒＝玄人までには到っていない。成長過程と言ってもいいだろう。

　次は、『世界は一冊の本』一九九四年、晶文社発行を取り上げる。彼は五十五歳になっている。この本との出逢いも、「さわやか教室*」であった。中学三年生の国語の副読本に載っていた。コピーをして、高校受験生に配布した。生徒と音読し、例題を学習した思い出がある。

本を読もう。
もっと本を読もう。
もっともっと本を読もう。

書かれた文字だけが本ではない。
日の光り、星の輝き、鳥の声、
川の音だって、本なのだ。

ブナの林の静けさも、
ハナミズキの白い花も、
おおきな孤独なケヤキの木も、本だ。

本でないものはない。

世界というのは開かれた本で、
その本は見えない言葉で書かれている。
…………

文字で書かれたものが本だ。それだけではない。日光も、星の輝きも、鳥の声も、川の音も、ブナ林の静けさも、ハナミズキの白い花も、巨大な欅の木などの自然現象すべてが本だ。知識や知恵、情報などが得られる教材なのだ。それらは、見えない言葉で表した本である。詩人はそれらを感性を働かせて、適切な言葉で表現する。それが詩だ。

ウルムチ、メッシナ、トンブクトゥ、
地図上の一点でしかない
遥かな国々の遥かな街々も、本だ。
そこに住む人びとの本が、街だ。
自由な雑踏が、本だ。

夜の窓の明かりの一つ一つが、本だ。
シカゴの先物市場の数字も、本だ。
ネフド砂漠の砂あらしも、本だ。
マヤの雨の神の閉じた二つの眼も、本だ。

人生という本を、人は胸に抱いている。
一個の人間は一番の本なのだ。
記憶をなくした老人の表情も、本だ。

モンゴルのウランバートル、シチリア島のメッシナ、アフリカ西部のマリ共和国のトンブクトゥ。地図の一点の遥かな国々の街々も、そこに住む人びとも、雑踏も、夜の窓の明かりも本だ。シカゴの先物市場の数字も、砂漠の砂あらしも、マヤの雨の神の閉じた二つの眼も本だ。一個の人間も、記憶をなくした老人も本だ。「生きるということ」を静かに、まっすぐに見つめる。ひとが胸に抱く一冊の本。人の死にゆく道を深く問いかけ、「生きるということを」問う。視点は広く、グローバルだ。アイオワ大学国際創作プログラム客員詩人の目線もあるのだろうか。詩のつづきは次のようになっている。

草原、雲、そして風。
黙って死んでゆくガゼルもヌーも、本だ。
権威をもたない尊厳が、すべてだ。

200億光年のなかの小さな星。
どんなことでもない。生きることは、
考えることができるということだ。

本を読もう。
もっと本を読もう。
もっともっと本を読もう。

草原、雲、風、ガゼルもヌーも教材である。地球の中で、生きることは、考えることができること。だからもっともっと本を読もう。本の中には、いろいろなものが詰っているから。

長田弘氏は、読書番組にも、視点論点のニュース解説にも出演している幅広い読書家で、かつ詩人である。そういえば、故児玉清氏も読書家であった。俳優であり、クイズ番組や週刊ブックレビューの名司会者であった。著書に『寝ても覚めても本の虫』(新潮文庫)がある。

詩の作り方については、『食卓一期一会』(一九八二年晶文社)がある。

その中の「言葉のダシのとりかた」には次のようにある。

かつおぶしでない/まず言葉を選ぶ/太くてよく乾いた言葉を選ぶ/……/言葉を正しく削ってゆく/言葉が透き通るまで削る/つぎに意味を選ぶ/意味を浮きあげないようにして/沸騰寸前サッと掬いとる/それから削った言葉を入れる/……言葉のアクがぶくぶく浮いてきたら/掬って捨てる/鍋が言葉もろともワッと沸きあがってきたら/火を止めて、あとは/黙って言葉を漉しとるのだ/言葉の澄んだ奥行きだけがのこるだろう/それが言葉の一番ダシだ/……/だが、まちがえてはいけない/他人の言葉はダシには使えない/いつでも自分の言葉をつかわなければならない。

詩を作る手順を料理にたとえて書いている。料理にたとえているから、美味さ、まずさがわかるだろう。この詩は解説する必要はないと思われる。美味さ、まずさは、素材の選び方にも関係して来る。新鮮で、生《いき》のいいやつを選ぶこと。「コトバの揚げ方」という詩や「おいしい魚の選びかた」にも共通する。おいしい魚は、最も新鮮なやつである。だから船で獲った魚を、その場でさばく漁師料理が美味しいのだ。

詩人については、長田弘氏自身が「対話の時間」というエッセイを書いている。

詩人というのは、人とつくけれども、人称じゃないんです。詩を胸においた一個の生き方。そうしたある一個の生き方をいう言葉として「詩人」という言葉を考えたい。……（中略）

詩人であるというのは、たんに詩をつくること、詩を書くといったことじゃないんだということです。そうじゃなくて、肝心なのは、一個の think として考えることを、あくまで感受性に働きかけるとして自分に負って行くこと。詩についてじゃなくて、詩であるいは詩を通して考える。「考えるという仕事」の報告書というふうに、わたしの仕事を考えて来ました。

最後に、『続・長田弘詩集』（現代詩文庫146　思潮社）の表紙の詩に、

長田弘　詩人一匹

しゃれた詩を書く　月曜日
しゃかりき推敲の　火曜日
いきなり消します　水曜日
白紙をみつめて　木曜日
むっつり無口な　金曜日
なんにも書けない　土曜日
どうどうめぐりの　日曜日
出口なし
長田弘　詩人一匹（谷川俊太郎訳）

とある。

長田弘氏との面識は、ずっと後である。確か、平成五年の秋の福島県芸術祭・詩祭が原町市で開かれた。その時の講師であった。現代詩の歴史についてとことばの使い方についての講話であった。会終了後、若松丈太郎さんと談笑されている姿は、「アテネ聖堂」で問答しているプラトンとアリストテレスのようであった。県南からも菅野昌和さんの運転で、高原木代子さん、澤田和子さ

んと私が参加した。たまたま長田弘詩集を二冊（文庫本）持っていたので、後日ドライバーに一冊差し上げたのを覚えている。

「福島自由人」第二八号、二〇一三年

＊ 白河市教育委員会傘下の施設。

参考資料
『長田弘詩集』現代詩文庫13 思潮社
『続・長田弘詩集』現代詩文庫146 思潮社
『世界は一冊の本』晶文社
『食卓一期一会』晶文社
『アウシュヴィッツへの旅』エッセイ 一九七三年 中公新書
『寝ても覚めても本の虫』（児玉清）新潮文庫 他

ある詩人の理想教育
――大滝清雄の「教育詩抄」――

『続大滝清雄詩集』（宝文館出版 昭和五十一年）には、十篇の教育についての詩が収められている。順にタイトルを掲げると、

一、花の芽 二、塔を建てる者 三、星の夜の幻想
四、菩提樹のように 五、泉 六、花園の幻想 七、ひかりの果実 八、入学に 九、卒業に 十、わたしは夢みる

の十篇で終わっている。大滝清雄氏の略歴については、文末に述べるので参照されたい。

では、

入学に——教師の独白から——

かれらは　新しいカンバスではない
みどりの芽。
かれらは羽ばたく　かれらは伸びあがる
未来の空の中に　時の中に。

わたしは　それらの新しい芽を育てる
豊かな土壌であり得るか。
可能の空高く　ひきあげてやる
熱いひかりであり得るか。
そして　時には
電気をはらんだ雲・きびしい風であり得るか。
さらにまた　金の小さな仏像のように
ふいにひかったりする　かれらの魂のすがたに
　新たな驚きを感じ得るか。

かれらは　新しいカンバスではない
みどりの芽。
わたしは　それらのひとつひとつの芽の上にかお
　り高い虹のひかりを　かかげてやることができ
　るか。

子どもは例えばみどりの芽であるという。子どもが羽ばたき、伸びあがる。未来の空の中に、あるいは、時間の中に。教師は子どものみどりの芽（可能性）をみつけ伸ばすことが出来るか。まず教師は自己研鑽しなければならない。教育環境を整えて、子どもを導いてやれるか。情熱を持って個々の事例に当たっているか。原石をどう磨くか。どう育てるか。大滝氏は理想の教育を目指して、教育の原点をとつとつと説く教育者であった。時には、生徒を厳しく叱り、生徒（原石）を磨いてやることが出来たかと自問する。

「できない」「できない」とか「駄目だ」「駄目だ」の禁止の言葉、叱りの言葉だけでは、生徒の意欲を失わせてしまう。叱ったり、注意した後には必ずフォローしてやる。何かいい所を見つけて誉めてやることも必要だ。生徒ひとり一人の芽を伸ばしてやる。可能性を見出してやる。ひとり一人を大切にする教育こそ必要だ。

次の詩では、

泉

泉を見つける。／林の中の深い茂みの蔭から／岩石の鋭い割れめから／あるいは／ローム層の古い地層の間から／清冽な水を噴きあげるさわやかな泉を。／そして、そこに見る。／それらが生れ出る地下のゆたかな水脈を。／／泉をみつける。／こどもの内部の／とりとめもない思考の小石のすき間から／あるいは少しばかり気まぐれな／若い意志の枝々の間から／はげしく噴き出す生命の泉を。／／そして　そこに見る。／ひとり　ひとりの人間の輝きを与え／万人の生に／うるおいを与える／大自然の／愛の水脈を。

前半は泉についての描写である。大自然の中に泉を見つけた時の喜びは格別である。暑い夏に清水を見つけた時、地下水のゆたかな清冽な水に暑さを忘れる刻《とき》がある。子どもの内部の泉を見つけるのも大切だ。とりとめもない思考や感情の谷間から、若い意志の枝々から生命の泉を探そう。そこに人間の輝きを与え、生きる力を与えるのも教育だ。うるおいのある愛の水脈だ。教師の慈愛だ。心の教育こそ必要だ。

さらに、

星の夜の幻想

深い秋の夜空から降ってくる星時雨のように／こどもの輝くひとみひとみが／教えている者のまぶたに　ほおに　首すじに／ぱらぱらと／いたく吹

きつける瞬間がある。／そんな瞬間——。／教室の中から天心まで　しゅんと　あおあお澄みとおり／いっさいの物音が　ふいに止まる。／そんな瞬間——。／こどもの内部に教える者のいのちが乗り移り／教える者の中にこどものいのちがしのび入って／たがいのいのちが貫ぬきあい／たがいに　それがとけあって／それが鷹揚《おうよう》に深く息づきはじめる——。／ひとつの生きた空間となり／ふいに　そんな瞬間が開けることがある。／そんな瞬間にはこどもたちのたましいが／大きく眼をあけ／きっと見つめているにちがいない。／教師のなかの／大きくあたたかな空間に包まれ／天心のひとつひとつの星のように／安らぎに満ちたおのれのこころが／もっとも　美しく　こうこうと／ひかり／輝いているのを。

星が降る奇麗な秋の夜に、教師と生徒の理想状態を夢みた作者の心理が如実に示されている。子どもの内部に教える者のいのちが乗り移り、教える者の中にも、子どものいのちがしのび入って相互交流し、発展する。子どもたちのたましいが、眼となり、生き生きとする。さらに教師の愛に包まれたひとつひとつの星（子ども）が美しく輝いて光っている。カントの「わが心の裡なる星」と、もう一つは、道徳律である。生徒と教師の理想状態を考えているロマンチストであった。ここで実例を一つ紹介しよう。旧白河女子高校が、白河旭高校（男女共学）となり、卒業生を出した頃、ある女教師（担任・英語）の離任式の時、体育館で別れの挨拶をした後、降壇する時に十数人の卒業生（男女）が壇上にかけ上り、H・T先生を胴上げした。二回、三回と宙に舞いあがった。生徒たちは、精一杯、感謝の気持ちを表現した。生徒と教師が一体となった瞬間である。私は初めて、その光景を目撃し、感動した。これ程、生徒に慕われ、尊敬された教師を見たことがなかったからである。

　教科指導、進路指導はもとより、H・R経営も懇切丁寧でコツコツと実践した。普通科のクラスで、ほとんどが進学した。大学、短大、専門学校であった。家庭事情で一人だけ職業訓練校に入学し、資格を取ったという。

連絡事項は、小黒板、北側黒板、うしろの黒板にびっしりと書かれ、宿題も書いてある。朝、教室を巡回すると、解答が書いてあることもあった(別の生徒だろう)。H・R日誌もびっしり赤ペンで書かれ、添削指導は、両隣のクラスの面倒も見ていた。教師の気持ちが生徒に乗り移ったのは言うまでもない(今でも交流している卒業生は、福祉施設の職員、図書館司書、市役所職員、看護師、贈答品の店主などであるという)。

次いで、

卒業に——教師の独白から——

かれらは風ではない
かれらは　鳥
かれらは　飛ぶ
かれらの　おのおのの空間を
かれらの　それぞれの夢を。

わたしは　かつてかれらの胸に
美しい夢をよびさましてやることができたか。
風雪や嵐の中でも　目あての星を
見失うことのないきびしい眼を
磨きあげてやることができたか。
さらにまた　かれらのなかに
強じんなバネをしかけたか。

それは　わからない。
けれど　ただひたすらねがう。
かれらの飛びたつ空に　美しい朝あけを。
かれらの　つばさのもとに　かおり高い森を。
かれらの目ざす行く手に　みどりにかがやくひかりの海を置かんことを。

たとえば、生徒は鳥。鳥は空を飛ぶことができる。おのおのの夢を追いかけて、美しい朝やけの空を飛んでいる。さらに香り高い森を飛んでいる。またみどりに輝く、光の海をめざして夢（理想）に向かって飛べ。若い、生徒諸君よ。

最後に理想的な教師像とは、

塔を建てる者

――ゆく秋の大和の国の薬師寺の
塔の上なるひとひらの雲――信綱

地上に塔を建てるのはたやすくない。
そしてひとの心の中に塔を建てるのはさらにむずかしい。
ぼくらは　塔を建てる者
たえず　みずからの　内部の塔を見つめ
確かめなければならない。

ぼくらは　塔を建てる者
その時　子どもの内部に移り住み
自ら創造の槌をふるい　その槌音に
耳を澄まさなければならない。
くふうの鋭いのみを磨き
細やかな彫りに心をひそめなければならない。
そして　高まりゆく「時」をひたすらに
越えて行かなければならない。

ぼくらは塔を建てる者
塔の高まりとともに
広がりゆく空の中に　希望の雲を
刻み込んでやらなくてはならない。
百年の未来の時の中に
夢の奏楽をも流しこんでやらなくてはならない。
ぼくらは塔を建てる者
内部にゆたかな喜びの泉を持たなくてはならない。

教師と生徒はこうあるべきだと大滝清雄先生は、理想像を語っている。教師は子どもの内部に働きかけ、創意工夫し、心に働きかける。人格完成の遠い道程だ。生徒の夢や希望を見つける手助けをする。子どもの成長する姿を見守ってやる。夢づくりの手伝いをするのも教師の仕事である。

教師としての大滝先生は、戦後、矢吹中学校で教鞭をとり、菊地貞三先生らと、理想の国語教育を行った。教え子に詩人の菅野昌和さん、（故）星圭之助さんらを輩出させた。菅野さんは、同人誌「の」の創刊同人であり、多くの影響を受けたという。「の」も今夏で八一号となっている。

その後大滝先生は栃木県足利市に移った。昭和二十八年に足利市の中学校に勤務した。昭和三十七年栃木県教委指導主事。市指導課長、同教育研究所所長を歴任し、国語教育の第一人者となった。その間に足利中学校長、足利市立第二中学校長となって教育者としても第一人者となった。昭和五十年定年退職。文筆生活に入る。昭和五十六年に足利市民文化賞受賞。昭和六十一年、市政功労賞（教育文化）、栃木県文化功労賞を受賞している。

詩人としては、昭和二十五年に、詩集『三光鳥の歌』で、第三回福島県文学賞を受賞。

昭和二十三年に「龍」を創刊。相田謙三、菊地貞三、粒来哲蔵らと「戦後の荒廃に抒情の花を咲かそう」と、ネオ・リリシズム（新抒情）を提唱し、日本の詩壇に登場した。また、昭和五十八年に詩集『ラインの神話』で、日本詩人クラブ賞を受賞している。なお「龍」は今夏で一四九号となって篠崎勝己氏、長久保鐘多氏などが継続発展させている。

平成元年、矢吹町図書館開館とともに「大滝清雄文庫」の開庫を記念して、町内小・中学校に詩を募集し、同館では『さわやか詩集』を毎年発行している。提出者全員の作品が掲載されるユニークな詩集だ。生徒の成長が読みとれるので、町あげての貴重な教育文化活動であると思う。その扉詩を飾るのは、大滝清雄氏の「教育詩抄」である。栗林正樹教育長が詩を選んでいる。平成二十八年度はどの詩が選ばれるのだろうか楽しみである。

「福島自由人」第三一号　二〇一六年

詩とは何か

一、詩が生まれる時

（イ）小鳥の囀りで目を覚した。ウメモドキの赤い実をついばみに来たらしい。私はしばし蒲団の中にいて、夢の続きが見たい時。

（ロ）メタセコイヤの林を散策すると、木漏れ陽のシャワーを浴び、森林浴を感じた瞬間《トキ》・森の狩人になっていた時。

（ハ）陽が射している午後の図書館。読書する少女に声かけをためらって、フェルメールの画集を閉じた時。

（ニ）夜空の星空に語りかけると、カントの言葉を思い出した。西空に消えた流れ星。幼なじみがまたひとり逝った時など。

（故）長田弘さんは「詩人は、古来、霞を食べて、感受性の畑を耕すことをなりわいとする言葉の農夫だった。」と、「詩のカノン」で述べている。田畑を耕す農夫と言葉を耕す詩人は似ている。詩の字は言の寺と書く。寺は死者を葬る所、古い言葉を葬って、新しい言葉をつくりだす。新鮮な言葉や川のせせらぎに心が洗われ、夕暮れに心が和む。あるいは爽やかな風の中に詩がある。対象物や現象をどう視るか。どう表現するか。それを自分の言葉で書く。

二、詩作の心得

紙の重さではない
心の重さである

装丁の美しさではない
中身の問題である

量の多さではない
言葉の深さである

美辞麗句ではない
真実が込められているかどうかである

感性の奥座敷で
シグナルの点滅の謎を解いて
言葉に編めたか　どうかだ

新鮮な素材を
どう料理するか

風刺は効いているか
比喩はあるか。
イメージは広がっているか

そして
選ばれた言葉や思想が
刃物の鋭さを
隠しているかどうかである

（「詩について」詩集『残照』より）

三、詩は言葉の芸術　思想のかけら

詩はエッセイや小説のエキスであり、俳句や短歌から言葉をいただく。季語や古来からの大和言葉とか方言から、ほっこりと胸にすとんと響くものを選んでいる。そして短い文に肉付けをしてひとつの塊とする。

その塊が三つか四つになったら、表題をつける。あるいは表題に沿って段落をつける。さらに自分の考えを何気なく折り込み、まとめる。一通りまとまったら、清書をする。無駄な言葉を削り、不足な箇所は、適切な言葉を補い自分の詩とする。納得がいかない時は、一ヶ月も二ヶ月も待ってみる。朗読してみて、すんなり行くまで校正する。さらに自然現象や気象現象をよく観察する。観察する側の己の心の動きを分析し、その一部を表現する。言葉として吐き出すのだ。他人の言葉ではなく、自分のものでなくてはならない。

四、ロマンティシズムとは

故秋谷豊氏の言葉を借りれば、「地球」は、ネオ・ロマンティシズムを唱えて出発した。その仕事は、必ずしも同時代に迎えられるものではなかった。しかし私たちは現代詩から浪漫精神が没落してゆくのを感じていた。「地球」の仕事はと問われたらやはり浪漫精神を中軸とする抒情詩を書きつづけてゆくことだと。浪漫精神とは、自然と人間のみなもとを求める詩の心の営みといってもいい。そうした広い世界にふれていくとき、自然の永遠の新しさをことさら感じる。この言葉たちは、「地球」七〇号、創刊三十周年記念号の編集後記に書いてある。「地球」の活動と平行して、あるいはその後に、丸地氏が「詩と創造」を発行し、詩活動を進展させていたが、「青い花」となった。「青い花」第四次八三号（通巻一二〇号）の丸地守氏の言葉によれば、「青い花」という文芸同人誌のはじまりは、昭和九年であるから、八十九年前のことで古い。太宰治、山岸外史、檀一雄、津村信夫、中原中也、木山捷平など、同時代に於いて、大活躍の面々であった。「私（丸地）は、太宰治とともに「青い花」の同人の山岸外史から交誼をいただき「文学」というものの洗礼を受けた。しばらくして、山岸先生の病床を訪ね、「青い花」の起ち上げを報告した。先生は目を閉じ、「青い花」は、煮て喰おうが、焼いて喰おうが、きみの好きなようにしてくれ」と話してくれた。「青い花」はドイツロマン主義のノヴァーリスの言葉で、アルプスの山頂辺りで咲いている小さな花。野の花である。修飾語も纏わず、凜然ときらめく澄明な花だという。山りんどうのような花であろうか。

五、社会問題をどう表現するか

東日本大震災から二年過ぎた年にまとめた拙詩集に『迎え火』がある。陸前高田市、石巻市、松川浦、飯舘村、浪江町、川内村、双葉町、白河市のことを実体験やエピソード、写真、映像をもとに作成した。取材を兼ねて主な場所を歩いた。

東京電力福島第一原子力発電所から約八十キロメートル離れた白河市での震災記八日間のノートも記録した。これらの作品は主に同人誌「の」や「青い花」に発表した。

町から子供がいなくなった／そして親もいなくなった／「ハーメルンの笛吹き男」のせいではない／放射能が恐いからだ／奴は見えないから／手に負

えない／／牛はどこへ行くのだろう／痩せて涙を流して／彷徨い歩く／浜辺や川原の雑草を求めて／飼い主は首を吊った

（「地震の町」より）

「原発さえねげれば」と書き残して首を吊った人、家族が離ればなれになった人、フィリピンに避難した人など、福島県民だけでも十五万人（七年後でも九万人）。

しかし、問題はある。被災者の身になって書いたとしても、どこまで書いて良いか。あるいは書かないかの判断は、書く人自身にあるからだ。すべて体験しなければ書けないのか。そうではあるまい。プライバシーに細心の注意を払いながら、発信すべきことはする。日常生活のためとこれからの、未来の生活のために。

次に取材の旅をして感じたことを書こう。東日本大震災から三年後、兄夫婦と姪夫婦で南三陸方面へドライブした。「慶さんのブイ（浮き球）」が、約五千キロメートル離れたアラスカの無人島で見つかった。テレビ局の人達とアラスカ人のお蔭で帰ってきた。父と子の親子船、慶明丸という。船の名前を農漁レストランの名前とした。宮城県南三陸町戸倉波伝谷地区、木彫りの鮭が目印、志津川湾から太平洋が見える所、平屋建て、スレート葺きで、白壁が眩しかった。そこの奥さんは、ボランティアの人々から沢山支援を受けたから、恩返しをしたいという。海を恨んでも仕方ない。豊かな海の贈り物（雲丹、鮑、牡蠣に鮭、鮃、昆布に若布）に野菜と新鮮だ。完全予約制で、注文は三十人迄可能という。奥さんは、仮設住宅の自治会長で、潮風ガイドのリーダーだった。ここの人達はすごかった。自分達が大変なのに、他人の世話をスマイルでする。

次いで、南三陸町の防災対策庁舎について話そう。あの日の津波は、三階建ての庁舎も襲った。「ハヤク　ニゲテクダサイ／ツナミガキマス　ハヤク　ニゲテ……」美しい娘さんは、二階の欄干で連呼していたという。津波は鉄骨の支柱を折り曲げ、階段を押し潰し、庁舎を呑み込んだ。関係者殉職四十三名。町並が半分なくなった。

庁舎は赤錆びて鉄骨の骸骨だ。線香の香り、絶えない花束、小銭をチャリンと落とす。ただ黙禱するばかりだ。この庁舎を残すか、残さないかの結論は二十年後だ。それまでは震災遺構として県が管理することになった。

　さらに大川小学校の悲劇について考えよう。宮城県石巻市立大川小学校は新北上川西南の河川敷にある。防波堤から約二百メートル離れていて、海より四キロメートルの場所にあった。津波襲来の時には、校長は不在で職務代理者の女性教頭は迷いに迷った。校庭に生徒を集め、一部送迎に来た保護者に生徒を預けた。一人の教員が教室に残っていた生徒を連れて裏山に逃げ助かった。

　指示が数分遅れた。そのため避難途中で大津波に呑まれて生徒七十四名、教職員十名の生命が奪われた悲劇であった。待つのも、決断するのも教育。子供たちは、裏山のことを知っていた。大人の目線だけでなく生徒の目線も大切である。日頃からの危機管理が必要であろう。一方、石巻の門脇小学校長は、裏の日和山に避難させた。地域住民や保護者の意見を聞き、全員無事であった。若い教員と保護者が教壇を崖に架け、橋とした。生命の架け橋を作ったのである。ここでも、とっさの判断が必要とされる。大川小学校の裁判等の問題はここでは触れまい。

　取材記の終わりに「原発さえねげれば」の問題を考えてみたい。この手記は、相馬市のある酪農家が牛舎のベニヤ板四枚に残した死者の書で、太いマジックで書かれた遺言で、負の遺産である。ここではプライバシーの問題もあるので、仮名書き、方言で残した。現物は白河市白坂、原子力災害情報センター（現在閉鎖中）にある。

　原発さえねげれば　□□□□／残った酪農家は頑張ってな／先立つ不幸を　□□□□□／仕事をする気力がねぐなった／／Kさんには／言葉で言えねぐらい／世話になったない／ルナ　タロウ　サンペイ／ごめん　ごめん／なにもできねえ　親父だった／／仏様　ご先祖様／申し訳ござらむ　ございませむ／姉様には　大変お世話になったない／

私はだめだ　限界だ／大工さんには　保険で　支払って　全部……と／書き残して／ぶら下がっていた／／放射能を含んだ塵が降って／人間も牛も住めなくなった土地／牛はどこに行ったのだろう／家族はばらばらになってしまった

（『雪ほたる』より）

これは遺言であり、詩ではないかも知れない。エネルギー問題もあるが、人間が作った原子力発電所。人間の力で、なかなか制御出来ない廃炉。汚染水タンク満タンをどうするか。トリチウムを含むという。人間が作ったもので、人間や動物が科学の実験になってはいけないし、人間が苦しむのは不条理だ。

六、抒情と叙事の融合

最後に抒情と叙事を組み合わせて現代の抒情詩としたい。過去の史実を、現在の視点でどう捉えるか。それらが詩となり得るか。こんな詩を作ってみた。今の南湖について、第一連は次としている。

古地図を見ると／ここは大沼と呼ばれた湿地帯だった／池干しをすると／泥の湖／中心を蛇行する泥の川／昔は葭や蒲の葦原だった

第二連は過去の史実を書く。

天明の飢饉で餓死者続出／間引も密かに行われた／時の城主松平定信侯は／貧しい武士たちや困窮者を救うため／灌漑事業を起こし／新田開発をすすめた／合わせて藩校立教館の資金を捻出した／葦草を刈り　泥を掬い　畚《もっこ》をかつぎ／杭を打ち堤防を作った／松や桜や楓を植えた／士民共楽の公園を作った

第三連の二行は故事による。南湖の名称は、唐の詩人李白の詩句「南湖秋水夜無煙」に由来する。水戸の偕楽園、金沢の兼六園、岡山の後楽園と並ぶ名園だ。公園として日本最古だと言われている。失業者救済事業、灌漑事業を起こし、新田開発をし、武士も農民も楽しめる公園を作った。そして、今は、ちょっと一休みしたい時に南湖に行く。春夏秋冬の景観を見に行く。そこで「雪ほたる」に出逢った。雪ほたるはまだ季語になっていない。がいつか、季語になれば、俳句の世界も詩の世界ももっと広がるだろう。

歴史、史実をどう書くか。表現するか。抒情詩と叙事詩の組み合わせも、面白いのではないかと思う。

日本詩人クラブ「詩界」二六七号　二〇二〇年四月　一部改

解説

詩人の目がとらえた「東日本大震災」の真相

――『迎え火』――

埋田昇二

二〇一一年三月十一日、東北地方を襲った「東日本大震災」は、地震、津波、原発事故の三つの被害が重なり戦後最大の悲惨な大災害であった。死者・行方不明者を合わせて一万八千五百五十人、建築物の崩壊三十九万戸、避難者の数は二十九万八千人を数えた。(二〇一三年六月六日現在)

この東日本大震災の発生に直面して、中央・地方を問わず、日本の殆どすべてといってもいいほど、多くの詩誌・詩人が災害を告発する詩やエッセイ・コメントを発表した。とりわけ「福島原発」の事故の悲惨について語るのは、人間の良心の証として当然だと思う。しかし、他方で、災害の本当の真実と恐怖は実際に体験した人にしか書けないのではないかとも考えていた。

そうした時、この度上梓された詩集『迎え火』は、福島県在住の詩人の目によって書かれた震災の真相を語る貴重な書となっている。

詩集の表題をとった作品「迎え火」は陸前高田市を襲った大津波によって叔父も叔母も失った痛恨の思いを次のように書く。

あの日から
叔父は帰って来ない
叔母も帰って来ない
(中略)
リアス式海岸の美しい海は　今は幻《まぼろし》
町の半分は大津波に呑み込まれた
陸前高田市

一ヶ月後　叔母は見つかった
体育館の遺体収容所で
だが　叔父は見つからない
だから　葬式を出していない
叔父は漁師だった
逞しい腕で網を巻きあげた

海に突き出た埠頭で
迎え火を焚く
叔父が迷わないように
藁を焚いて　ひたすら待ち続けている

やがて　蛾が数匹飛んで来た
火に映えて青白く見える
亡くなった多くの人の霊が
夏虫となって彷徨っているのであろう
銀色に燻る月に向って
蛾は　合掌する像をみせては
すぐに消えた

家も流されて、港の埠頭で焚く迎え火は今も海底に彷徨っている亡き人の霊を呼び戻してくれるだろうか。

東日本大震災で、遺体は見つかったものの、岩手、宮城、福島の三県で今も家族の下に帰れない身元不明の遺骨が百十四体もあり地元の寺でひっそりと眠っているという。詩「迎え火」はそうした死者への鎮魂の思いが込められている。

詩人は、作品「震災記1~5」で、あの日、二〇一一年三月十一日から毎日の出来事を丹念に記録する。

突然の横揺れ、縦揺れ、天井の揺れ、停電・居間に散乱する書類。倒れた石塀、水道の水が出ない、のたうち暴れ回る大津波の海竜。

東京電力福島原発一号機、二号機で水素爆発、放射能の拡散。井戸水が生命の水。ガソリンが買えない。原発三号機爆発、避難先ではおにぎり一個、福島産の野菜が出荷停止。船も漁具も流され出漁できない漁師。灯がほしい。

原発周囲二十キロエリアに避難命令、エリア外の私も心の避難民。不安や怯えを隠して。また尻からドンとくる余震。ここには詩的な言語で修飾する余地はない。

詩人の眼は、人もいない村、牛もいない、耕す人もいない田畑は一面の雑草が生い茂る「霧の村」を次のように書く。

遠くから蛙の声がした
田圃は地割れのまま
鳴き声のする方をふりかえると
雪解水が湿原を作っていた
地の底からの生命の息吹だ
ここにもセシウムが溜っているのだろう
蛙は力なく飛び跳ねた
除染が進まない村に
人々はいつ帰れるのか
牛舎に牛が戻り　原っぱでのんびり草を喰む日は
いつのことか
牛の涙は　避難民の涙
仮設住宅の冬は凍《しば》れる

霧はいつかは晴れるのに
までいの村に
みんなの笑顔が戻るのは　いつの日か
五年先か　十年先か
それとも
わが心の霧は晴れない

と詠う。

そして、飼い主のいなくなって放置された牛を作品「彷徨える牛」は次のように詠う。

家も工場も船も壊れてしまった
死の町
人っこ一人いない　白い浜辺を

牛が四頭　彷徨っている
カメラに涙目をして
餌を探して　野牛となって
牛たちは何処へ行くのか
飼い主は見当らない
目に見えない　耳に聴こえない　臭いさえない
放射能
地震・津波は自然災害
でも原発事故は人災でしょう

放射能から逃れた「避難」した飼い主からも見放された牛たちは、ただ涙を流して彷徨うだけだ。詩人は、物言えぬ牛たちが流す涙に、原発事故のどうしようもない不条理を「原発事故は人災でしょう」と、言葉はやさしいが思いは深く激しく抗議するのだ。

「青い花」　第四次七六号　二〇一三年

この地名を心に刻め、その名は被災地

『夜明け』が投げかけたもの

柏木勇一

ⅠとⅡで構成された詩集。合わせて二十三篇の作品が収められている。ⅠからⅡを通して作品に出てくる地名をひとつひとつ拾ってみよう。双葉町、福島市、二本松、郡山市、石巻市、南三陸町、戸倉、陸前高田市、茨城県五浦、浄土ヶ浜、那珂湊、宮城県岩沼、黒磯、黒羽、黒田原、白河市。

これらは茨城県から福島県、宮城県、そして岩手県に続く地名である。このすべてをまとめてひとつの地域と位置づけた。その名は「被災地」。二〇一一年三月十一日の東日本大震災で多くの人びとの命が奪われた「被災地」。そして、東京電力福島第一原子力発電所の爆発が、この地名に、これまでほとんど語られなかった新しい名称がつけ加えられた。帰還困難区域、居住制限区域、避難指示解除準備区域……である。

だれがこんな身勝手な名前を付けたのか。こみあげる憤怒の感情をストレートに詩で表現した。福島居住の詩人の思いがどの作品からも読み取ることができる。

詩集刊行は二〇一六年六月二十日。あれから五年余であるが、詩人は定点観測を自らの使命として課すように作品を書き続けてきた。詩集冒頭の「桜のトンネル」は次のように書き始まる。

花芽が少ない
花びらがない
鳥が摘んだのか
風が千切ったのか
夜ノ森の桜
あの日から二年が経った

作品には具体的地名は書かれていないが多くの人々は知っている。福島県富岡町夜ノ森地区。通称「桜の森、夜ノ森」。毎年四月中旬に満開になりライトアップされて多くの観光客が二千五百本の桜を堪能してきた。震災から二年が経過し人影が消えた桜の季節を詩人は嘆いた。花びらが少なかった時から三年、即ち震災五年後の二〇一六年四月、桜の輝きは戻った。しかしここはまだ居住制限区域。日中だけ立ち入りが許されたが、それでもすべての地域ではなかった。

涙が出なくなった
涙が乾いて　雫がなくなった

この被災者の嘆きを表現する二行で始まる「涙」は、帰還困難区域の双葉町の故郷を追われて四年。白河市で避難生活を送る友の苦難を訴える。

週末に自宅に戻ってみる／迎えるのは　セイタカアワダチソウ／表札は傾いたまま／玄関から入ると／我楽多が散乱／冷蔵庫には震災前の食品　黴びたまま

人っこひとりいない町／猪豚親子が餌を漁っている／帰還まで　あと何年かかるか／生きているうちに　帰れるか

町のあちこちに黒い袋／放射能ゴミの山だ

詩集全体を通じて言えることは、詩人が見た事実をありのままに書いていることである。伝聞や空想ではない。あの震災の重み、悲惨さが、これでもか、これでもかと事実を列挙することで伝わってくる。福島から北へ、宮城県に入る。大川小学校の悲劇の石巻市へ、あの防災無線の南三陸町へ。さらに北へ進むと岩手県。「奇跡の一本松」の陸前高田市へ。「浄土ヶ浜」の宮古市へ。

旅の終りは／陸中海岸／浄土ヶ浜／煌めく波飛沫／ここは／最後の楽園／／　砥石を張り合わせた岩屏風／　今は二瘤駱駝の寝る姿に見える／　東日本大震災時に／　多くの生命を呑み込んだ／　津波の／　海の墓標

こうして詩人は浄土ヶ浜の海の青、空の碧の広がりに未来を託した。被災地の未来へ、詩集のタイトル『夜明け』が応じている。Ⅱの冒頭の作品「夜明け」と最終の作品「悲しみの向こうの夜明け」は連動している。この詩集最後の作品は、まず各連の最初の一行が「野辺を歩いた」「山に祈った」「海辺を歩いた」で始まる。被災地を歩き、祈り、そして歩き……次のような最後の二連に集約される。

東日本大震災・東京電力第一原発事故から五年
瞼に

流木にしがみつく人影
一本の藁にもすがりたい
あの姿は私だったかも知れない
あなただったのかも知れない
津波の記憶も
震災の記憶も
原発事故のことも
決して忘れまい

突き上げる生への願い
悲しみの向こう側には
きっと夜明けがある
明日がある

詩人室井大和は、被災地の明日のため、震災の事実を言葉にして残すために歩き続けている。書き続けている。

「青い花」第四次八六号　二〇一七年

抒情と叙事の狭間から紡ぎ生まれた郷土福島の地に響きわたる鎮魂歌《レクイエム》そして哀歌《エレジー》
——『雪ほたる』に寄せて——

高山利三郎

一、詩人の心に降る雪

ぼろろ　ぼろろ
ぼろろん　ろん
南湖の水面に
御影島に
鏡の山に
雪ほたる

（「雪ほたる（二）」）

四年前の夏の終わり頃であった。室井さんに案内していただき南湖公園を訪れたことがあった。室井さんが白河でまず見せたかったのは南湖公園の景観であったようだ。夏の日差しの中、豊かな水を湛えた南湖と周辺の松の緑は、今でも目に浮かんでくるのだ。

室井さんの六冊目の詩集となった『雪ほたる』の冒頭を飾る詩三篇は、詩集名に取られた「雪ほたる」である。冬の南湖に降る雪を見事に心に降る雪と形象化した佳品である。南湖は、史跡・名勝として国指定されている歴史ある景勝地である。詩に出てくる御影島鏡の山は、南湖十七景とされている所である。士民共楽の地として白河藩主、松平定信が築造された人造湖である。そして、「雪ほたる（一）」の詩は、次のように結ばれる。

ぼろろ　ぼろろ
ぼろろん　ろん
春は近い

私の岸辺に
雪ほたる

「雪ほたる（二）」では、南湖に消えるように降り注ぐ雪の淡さに妻への想いを回顧し、「雪ほたる（三）」では、大震災により発生した山津波の犠牲となられた死者への鎮魂となって表現されている。

「雪ほたる（三）」は、白河市を流れる谷津田川の岸辺に佇みながら父への忘れられない想いに心を馳せる。

髪に　ひんやり
掌に　ひやり
雪ほたる
清き流れに溶けて行く
私の岸辺に
白き　小さきもの
雪　おぼろ
雪ほたる

（父は雪の精となっていた）

雪ほたるという言葉の響きとイメージが創りだす美に、読者は魅了される。空からゆっくりと舞いながら降りてくる雪。湖面に触れる一瞬光を発しすっと消えていく雪。「雪ほたる」三篇は珠玉の作品であり、室井詩を代表する作品であることは確かだ。

二、福島の地と詩人の心に響く鎮魂歌《レクイエム》そして哀歌《エレジー》

室井さんの「あとがき」の中に、次のような記述がある。

一枚の写真「雪ほたる」（河合好子さん）からこの詩集は生まれた。大切な人との別れ、挽歌である。（略）郷土にあった悲劇を抒情と叙事を組み合わせて現代の抒情詩とした。哀歌《エレジー》である。

作品群は、Ⅰ部とⅡ部に章分けされているが、通底するものは、郷土福島に対する熱い思いと眼差しである。福島の地に生まれ、福島の地に奉職し、福島の苦悩と痛みを共有する。詩人として郷土への思い（愛）が創りあげた詩集である。「雪ほたる」の他に感銘を受けた作品を上げてみたい。

放射能を含んだ塵が降って
人間も牛も住めなくなった土地
牛はどこに行ったのだろう
家族はばらばらになってしまった

（「原発さえねげれば」最終連）

これは相馬市のある酪農家が牛舎のベニヤ板に残した遺書をもとに詩へと昇華させた心打つ作品である。書き伝えること、書き続けることが大切であるということを思い知らされた。

《あれは　兄ちゃんだ》と
妹は言った
姉も頷いた
血縁のテレパシーだ
戦後七十一年目の夏に
行方不明の兄の消息が判った
長崎原爆資料館が写真を公表
彷徨っていた兄の影

（「裸の少年」一連前半部）

肉親でなければ見過ごしてしまう一枚の写真。引きつけられるようにして目に留まったのであろう。その作中にある「少年は齢をとらない」、「眠ったままだ」という言葉が痛く胸に刺さってくる。発見出来たことの喜びと共にその無念さが響きわたってくる。それは鎮魂の鐘のようでもある。何度か『雪ほたる』を読み返す度に、室井さんが叫び続ける声が鮮明になってきた。「六歳の時
戦争は終った」という作品に書かれた叫びこそ、詩人室井大和が後世に残したかったものであることを。詩集『雪ほたる』は福島の地に長く響きわたる鎮魂歌《レクイエム》であり、哀歌《エレジー》である。

「青い花」第四次九一号　二〇一八年

室井大和年譜

一九三九年（昭和十四年）　当歳
八月　福島県田村郡小野町湯沢字八又九五番地に父長久保明素、母ヒロの三男として誕生。
一九五八年（昭和三十三年）　十九歳
三月（十八歳）　福島県立田村高校卒業。
一九六一年（昭和三十六年）　二十二歳
四月（二十一歳）　早稲田大学教育学部社会科入学。
一九六二年（昭和三十七年）　二十三歳
早稲田詩人会（サークル）に参加（～六四年迄）。
一九六四年（昭和三十九年）　二十五歳
福島県学生寮祭で草野心平氏の講話を聞く。
同年　福島県学生寮歌作詞。作曲井上智子氏。
一九六五年（昭和四十年）　二十六歳
三月（二十五歳）　同大学卒業。
四月（二十五歳）　福島県立小野高校に就職。

一九六九年（昭和四十四年）　三十歳
四月（二十九歳）　福島県立白河女子高校教諭。
一九七〇年（昭和四十六年）　三十一歳
五月（三十歳）　室井邦子と結婚。
同月『青いカオス』出版（私家版）。
一九七四年（昭和四十九年）　三十五歳
白河女子高校文芸部夏合宿で福島県川内天山文庫の草野心平氏を訪問し、小川琢士氏、加藤進士ら生徒と共に文学の話を聞く。
一九七六年（昭和五十一年）　三十七歳
文芸誌「稜線」発行（～七号迄　年一回）。岩代悠子（堀川喜美子）、熊田宗太郎（金成烈）、川面雅峯（募）、柳沼定雄、室井大和。第三号から加藤進士が参加。
同年十月　義父民男死去、室井家を嗣ぐ。
一九七八年（昭和五十三年）　三十九歳
五月　福島県現代詩人会設立。会長三谷晃一、理事長小川琢士。理事となる。
詩誌「の」の同人となる（二二号～三二号迄）。

一九九六年（平成八年）　五十七歳
詩集『遺言』（私家版）出版。

二〇〇一年（平成十三年）　六十二歳
「の」再同人となる。五八号〜八七号。

二〇〇六年（平成十八年）　六十七歳
福島県芸術祭文学部門現代詩（矢吹町）講師丸地守氏と出会う。

二〇〇七年（平成十九年）　六十八歳
詩集『花筏』書肆青樹社より出版。福島県文学奨励賞。

二〇〇八年（平成二十年）　六十九歳
矢吹町図書館主催『さわやか詩集』審査員。第二〇号〜第三二号、現在に到る。

二〇一〇年（平成二十二年）　七十一歳
詩集『残照』を書肆青樹社より出版。

二〇一二年（平成二十四年）　七十三歳
関河惇氏の推薦で「福島自由人」に参加。第二七号〜第三五号迄。
同年第四次「青い花」七一号より同人となる。

十月　福島県芸術祭文学部門現代詩（須賀川市）、講師若松丈太郎氏。実行委員長を務める。

二〇一三年（平成二十五年）　七十四歳
詩集『迎え火』を書肆青樹社より出版。福島県文学準賞。

二〇一五年（平成二十七年）　七十六歳
個人誌「関の森文庫」を発行〜一三号迄。
同年　白河市民講座文学（詩二回）の講師を務める。

二〇一六年（平成二十八年）　七十七歳
二月　立教志塾主催「詩の中の白河」の講話をする。
詩集『夜明け』を土曜美術社出版販売より出版。装画明石英子さん（日本美術家連盟会員。モダンアート会員）。

二〇一八年（平成三十年）　七十九歳
詩集『雪ほたる』を土曜美術社出版販売より出版。装画河合好子さん（アマチュア写真家）。福島県文学賞受賞。

二〇一九年（令和元年）　八十歳
福島県芸術祭文学部門（矢吹町）、講師高山利三郎氏、宮尾節子氏。詩祭実行委員長を務める。
二〇二〇年（令和二年）　　　　　　　　八十一歳
四月　福島県文学賞企画委員〜現在に到る。

所属
日本現代詩人会会員
日本詩人クラブ会員
福島県現代詩人会員

現住所
〒九六一―〇九〇三　福島県白河市年貢町六三ノ二

新・日本現代詩文庫155 室井《むろい》大和《やまと》詩集

発　行　二〇二一年十一月三十日　初版

著　者　室井大和

装　丁　森本良成

発行者　高木祐子

発行所　土曜美術社出版販売

〒162-0813　東京都新宿区東五軒町三―一〇

電　話　〇三―五二二九―〇七三〇

FAX　〇三―五二二九―〇七三二

振　替　〇〇一六〇―九―七五六九〇九

印刷・製本　モリモト印刷

ISBN978-4-8120-2662-5　C0192

新・日本現代詩文庫

土曜美術社出版販売

⑭ 小林登茂子詩集　解説　高橋次夫・中村不二夫
⑭ 万里小路譲詩集　解説　近江正人・青木由弥子
⑭ 稲木信夫詩集　解説　広部英一・岡崎純
⑭ 清水榮一詩集　解説　高橋次夫・北岡淳子
⑭ 細野豊詩集　解説　北岡淳子・下川敬明・アンバル・パスト
⑭ 川中子義勝詩集　解説　中村不二夫
⑭ 山岸哲夫詩集　解説　井坂洋子・藤本真理子・苗村吉昭・武田肇
⑭ 天野英詩集　解説　小川英晴
⑭ 愛敬浩一詩集　解説　村嶋正浩・川島洋・谷内修三
⑮ 山田清吉詩集　解説　松永伍一・広部英一・金田久璋
⑮ 忍城春宣詩集　解説　野田新五・周田幹雄
⑮ 丹野文夫詩集　解説　倉橋健一・竹内英典
⑮ 関口彰詩集　解説　松本邦吉・愛敬浩一
⑮ 清水博司詩集　解説　麻生直子・愛敬浩一・岡和田晃
⑮ 室井大和詩集　解説　埋田昇二・柏木勇一・高山利三郎

〈以下続刊〉

佐川亜紀詩集　解説　石川逸子・権宅明・韓成禮
山口春樹詩集　解説　苗村吉昭
岸本嘉名男詩集　解説　〈未定〉
加藤千香子詩集　解説　〈未定〉

① 中原道夫詩集
② 坂本明子詩集
③ 高橋英司詩集
④ 前原正治詩集
⑤ 三田洋詩集
⑥ 本多寿詩集
⑦ 小島禄琅詩集
⑧ 新編菊田守詩集
⑨ 出海溪也詩集
⑩ 柴崎聰詩集
⑪ 相馬大詩集
⑫ 桜井哲夫詩集
⑬ 新編島田陽子詩集
⑭ 新編真壁仁詩集
⑮ 南邦和詩集
⑯ 星雅彦詩集
⑰ 井之川巨詩集
⑱ 新々木島始詩集
⑲ 小川アンナ詩集
⑳ 新編井口克己詩集
㉑ 新編滝口雅子詩集
㉒ 谷　敬詩集
㉓ 福井久子詩集
㉔ 森ちふく詩集
㉕ しま・ようこ詩集
㉖ 腰原哲朗詩集
㉗ 金光洋一郎詩集
㉘ 松田幸雄詩集
㉙ 谷口謙詩集
㉚ 和田文雄詩集
㉛ 新編高田敏子詩集
㉜ 皆木信昭詩集
㉝ 千葉龍詩集
㉞ 新編佐久間隆史詩集
㉟ 長津功三良詩集
㊱ 鈴木亨詩集
㊲ 埋田昇二詩集
㊳ 川村慶子詩集
㊴ 新編大井康暢詩集
㊵ 米田栄作詩集
㊶ 池田瑛子詩集
㊷ 遠藤恒吉詩集
㊸ 五喜田正巳詩集
㊹ 森常治詩集
㊺ 和田英子詩集
㊻ 伊勢田史郎詩集
㊼ 鈴木満詩集
㊽ 曽根ヨシ詩集
㊾ 成田敦詩集
㊿ ワシオ・トシヒコ詩集
51 高田太郎詩集
52 大塚欽一詩集
53 香川紘子詩集
54 井元霧彦詩集
55 高橋次夫詩集
56 上手宰詩集
57 網谷厚子詩集
58 門田照子詩集
59 水野ひかる詩集
60 丸本明子詩集
61 村永美和子詩集
62 藤坂信子詩集
63 門林岩雄詩集
64 新編原民喜詩集
65 新編濱口國雄詩集
66 日塔聰詩集
67 武田弘子詩集
68 大石規子詩集
69 吉川仁詩集
70 尾世川正明詩集
71 岡隆夫詩集
72 野仲美弥子詩集
73 葛西洌詩集
74 只松千恵子詩集
75 鈴木哲雄詩集
76 桜井さざえ詩集
77 森野満之詩集
78 坂本つや子詩集
79 川原よしひさ詩集
80 前田新詩集
81 石黒忠詩集
82 壺阪輝代詩集
83 若山紀子詩集
84 香山雅代詩集
85 古田豊治詩集
86 福原恒雄詩集
87 黛元男詩集
88 山下静男詩集
89 赤松徳治詩集
90 梶原禮之詩集
91 前川幸雄詩集
92 なべくらますみ詩集
93 津金充詩集
94 中村泰三詩集
95 和田攻詩集
96 藤井雅人詩集
97 馬場晴世詩集
98 鈴木孝詩集
99 久宗睦子詩集
100 水野るり子詩集
101 岡三沙子詩集
102 星野元一詩集
103 清水茂詩集
104 山本美代子詩集
105 武西良和詩集
106 竹川弘太郎詩集
107 酒井力詩集
108 一色真理詩集
109 郷原宏詩集
110 永井ますみ詩集
111 阿部堅磐詩集
112 新編石原武詩集
113 長島三芳詩集
114 柏木恵美子詩集
115 近江正人詩集
116 名古きよえ詩集
117 新編石川逸子詩集
118 佐藤真里子詩集
119 河井洋詩集
120 戸井みちお詩集
121 金堀則夫詩集
122 三好豊一郎詩集
123 古屋久昭詩集
124 佐藤正子詩集
125 川端進詩集
126 桜井滋人詩集
127 葵生川玲詩集
128 今泉協子詩集
129 柳内やすこ詩集
130 新編甲田四郎詩集
131 大貫喜也詩集
132 今井文世詩集
133 中山直子詩集
134 林嗣夫詩集
135 柳生じゅん子詩集
136 原圭治詩集
137 森田進詩集
138 水崎野里子詩集
139 比留間美代子詩集
140 内藤喜美子詩集

◆定価1540円（税込）